Ein Tannenbaum für Ben

Bettina Kiraly

Gayromance

Über die Autorin

Geboren 1979 wuchs die Autorin Bettina Kiraly in einem kleinen Ort aus dem Bezirk Hollabrunn in Niederösterreich auf und lebt hier mit ihrem Mann und ihren beiden Töchtern noch immer. Sie schreibt Liebesromane in allen Genres. Unter dem Pseudonym Ester D. Jones erscheinen historische Liebesromane.

Fasziniert von den dunklen Flecken auf der menschlichen Seele beschäftigen sich Bettina Kiralys Texte mit der Psyche der Hauptpersonen ihrer Geschichten. Im Mittelpunkt stehen außergewöhnliche, starke Charaktere.

Weitere Informationen zu Bettina Kiraly und ihren Werken finden Sie auf der Autorenhomepage www.bettina-kiraly.at.

Ein Tannenbaum für Ben

Bettina Kiraly

Bibliografische Information der Deutschen Nationalbibliothek: Die Deutsche Nationalbibliothek verzeichnet diese Publikation in der Deutschen Nationalbibliografie; detaillierte bibliografische Daten sind im Internet über http://dnb.dnb.de abrufbar.

Lektorat: Jessica Weber

Covergestaltung: Covergestaltung TomJay unter Verwendung einer Vorlage von Dorothea Stiller
Bildnachweis: romrodinka
(Stock-Fotografie-ID: 585046026,
Hochgeladen am: 22. August 2016) iStockphoto LP
Unter Verwendung einer Vorlage von C.S.

Herstellung und Verlag:
BoD - Books on Demand, Norderstedt
ISBN: 9783738611687

1. Kapitel

Jakob

Der hier! Der ist super. Den will ich. Der kleine Junge deutet mit glänzenden Augen und aufgeregtem Gesichtsausdruck auf die zweieinhalb Meter hohe Tanne. Vermutlich geht der Junge noch in den Kindergarten. Er wirkt von den roten Kugeln, dem goldenen Lametta und der bunten Lichtergirlande ganz begeistert.

Ich unterdrücke ein Grinsen. Der Baum fasziniert jedes Kind, das sich in mein Christbaumwunderland verirrt. Jetzt am Abend, wo die Beleuchtung Lichtreflexe auf die Kugeln zaubert, ist der Effekt bemerkenswert. Mein Boss hat noch vor ein paar Tagen gemeint, es wäre ein Fehler, den riesigen, aufgeputzten Weihnachtstraum aufzustellen. Ich habe ihn trotzdem in die Mitte der Fläche gezerrt, die mein Chef auf dem Parkplatz vor dem Möbelgeschäft angemietet hat. Ich habe innerhalb eines Tages so viele positive Rückmeldungen bekommen, dass sich auch mein Boss der Wahrheit nicht länger verschließen konnte. Dieser Christbaum besitzt magische Anziehungskraft auf Groß und Klein.

Kommt nicht infrage , brummt eine tiefe, angenehme Stimme. Erstens steht der bestimmt nicht zum Verkauf, und zweitens ist er viel zu groß.

Der Vater wehrt sich verständlicherweise gegen den Monsterbaum. Gleich daneben befinden sich die Modelle, die in jeder Wohnung Platz finden sollten. Wie lange es wohl dauern wird, bis sie sich für einen entscheiden?

Vorsorglich schiebe ich mich näher an die beiden heran. Der Vater hält sich außerhalb meines Blickfeldes auf. Obwohl wir jede Menge Lampen aufgestellt haben, um späten Einkäufern einen Eindruck von den Bäumen zu ermöglichen, gibt es genug Schatten und dunkle Ecken, auf die mir die Sicht fehlt. Der Junge läuft weiter zu den Bäumen, die besser geeignet sind. Das Kind trägt eine dicke, blaue Jacke. Sein blau-weiß-roter Schal leuchtet zwischen den Zweigen hervor, hinter denen ich lauere.

Dann nehmen wir den hier. Der geht nicht bis zur Decke. Die geringelten Handschuhe zeigen auf eine Nordmanntanne von zwei Metern Höhe.

Ich weiß, du möchtest unbedingt so ein Riesending aufgestellt haben , sagt sein Vater. Für uns beide allein ist der allerdings zu groß.

Was kann ich denn dafür, dass Oma und Opa keine Zeit haben, uns zu besuchen? , beschwert sich das Kind. Wer mag denn ausgerechnet über Weihnachten eine Kreuzungsfahrt machen?

Kreuzfahrt , korrigiert der Vater. Deine Großeltern haben die Reise gewonnen. Natürlich werden sie sich diese Gelegenheit nicht entgehen lassen. Das dürfen wir ihnen nicht vorhalten. Wien im Winter kann zwar romantisch sein. Das Schneechaos erspart man sich allerdings gern. Wir beide machen einfach das Beste daraus. Eine Männerweihnacht. Klingt das nicht großartig?

Nein, überhaupt nicht , sagt sein Sohn ehrlich.

Ich empfinde Mitleid mit dem Kleinen. Dass er nicht sonderlich begeistert ist, kann ich nachvollziehen. Kindern ist dieser Weihnachtskram furchtbar wichtig. Das weiß sogar ich. Wenn ein Berg Geschenke unter einem Baum liegt, den sie bei mir gekauft haben, strahlen sie mit den Lichterketten um die Wette. Ein Teil ihrer Wünsche wird jedoch an diesem Tag nicht erfüllt, wenn nicht alle Familienangehörigen mit dabei sind.

Männerweihnacht. Dann feiert wohl die Mutter oder der zweite Vater des Kindes ebenfalls nicht mit den beiden. Ob sie oder er sich getrennt hat oder nicht mehr lebt?

Beides muss für das arme Kind schwer zu verkraften sein.

Nehmen wir den da , schlägt der Vater vor. Ich bezahle ihn jetzt, und wir holen ihn, nachdem wir das Buch besorgt haben, das ich dringend für meine Arbeit brauche.

Ein Arm erscheint in meinem Sichtfeld und deutet auf einen Baum von nicht mal einem Meter Höhe. Ist das sein Ernst?

Och, Papa. Der ist viel zu klein. Wir brauchen einen größeren.

Ganz meine Meinung. Der Kleine muss auf genug verzichten.

Ob das der richtige Zeitpunkt ist, um in Erscheinung zu treten? Langsam pirsche ich mich an.

Der reicht völlig aus , behauptet der unsensible Papa.

Diesen Baum sieht das Christkind doch nicht! Woher soll es wissen, wo es die Geschenke hinlegen soll? Der Junge klingt weinerlich.

Mann, das berührt sogar mein Herz, obwohl meine Schwester immer behauptet, ich würde keines besitzen. Noch kann ich den Vater des Kindes nicht erkennen. Neugierig mache ich einen weiteren Schritt vorwärts. Im Moment dreht er mir den Rücken zu und bemerkt nicht, dass ich bereits auf meine Chance lauere, ihm einen Baum zu verkaufen.

Und für den großen reichen unsere Lichterketten nicht , erklärt der Dad. Er wendet sich um, damit er die übrigen Exemplare in Augenschein nehmen kann.

Was für ein Leckerbissen! In seinem attraktiven Gesicht fallen mir sofort seine Augen auf. Obwohl sie auf etwas anderes gerichtet sind, kann ich erkennen, wie verblüffend hellblau sie sind. Ein dunkleres Blau am äußeren Rand der Iris verhindert, dass sie übernatürlich wirken. Die breiten Augenbrauen verstärken den Effekt noch. Ob er immer mit diesem Dreitagebart herumläuft? Oder war er heute Morgen bloß zu faul, ihn abzurasieren?

An meinen Bart lasse ich seit Jahren ja nur noch einen Fachmann. Der auffällige Rotton meiner Gesichtsbehaarung verhindert, dass man mein Gesicht für nichtssagender hält, als ich bin. Mein letzter Freund hatte ebenfalls einen kurz gestutzten Bart. Ich habe das Gefühl geliebt, wie seine Stoppeln über meine Haut gekratzt haben, wenn wir uns geküsst haben.

Seltsamer Gedankengang.

Dann kaufen wir eben noch Kugeln und Lichter , bettelt das Kind. Wir haben genug Zeit, um morgen etwas zu suchen.

Morgen ist bereits der vierundzwanzigste, Ben. Ich verstehe, dass du gern einen großen Baum hättest, aber das klappt diesmal nicht. Ich verspreche dir, wir besorgen nächstes Jahr etwas Größeres.

Aber jetzt bezahlen wir den kleinen und lassen ihn einpacken, damit wir endlich weiterkönnen.

Aber Papa   Die Stimme des Jungen klingt, als würde er gleich zu weinen beginnen.

Ich räuspere mich und marschiere auf die beiden zu. Kann ich vielleicht helfen?

Der Vater wendet sich zu mir. Sein Blick huscht über mein Gesicht, bevor für eine Sekunde seine Augenbraue hochschießt. Was soll denn das bedeuten?

Wir nehmen den Baum hier. Der Mann zeigt auf die Minitanne.

Nein, ich will den großen dort drüben , widerspricht sein Sohn.

Auch die andere Augenbraue von Mr Attractive hebt sich. Sie sehen, wir sind uns nicht ganz einig. Ben wünscht sich etwas, das ich ihm nicht erfüllen kann. Packen Sie bitte die kleinere Tanne ein.

Ben gibt ein Brummen von sich. Sein Gesicht verzieht sich zu einer unzufriedenen Grimasse.

Vielleicht finden wir einen Kompromiss , überlege ich. Die Tanne, die der junge Mann ausgesucht hat, ist wirklich etwas groß. Bei normaler Deckenhöhe bekommen Sie damit Probleme. Den Zwerg, den Sie ausgewählt haben, müssten Sie allerdings auf einen Tisch stellen, damit er seine Wirkung zeigt. Ich glaube, mit keinem der beiden Exemplare würden Sie glücklich werden. Wie wäre es stattdessen mit einem Baum aus diesem Sektor? Ich zeige in einen Bereich, in dem wir Tannen von eineinhalb bis zwei Metern anbieten.

Oh, ja! Bitte, Papa! Der Junge strahlt.

Tut mir leid. Der Mann runzelt die Stirn. Die sind ebenfalls zu groß.

Bestimmt finden wir ein schmales Exemplar, das nicht viel Platz wegnimmt , versuche ich ihn erneut zu überreden. Warum wehrt er sich so dagegen?

Mr Attractive räuspert sich. Den können wir nicht nach Hause transportieren. Wie wollen wir mit dem in der U-Bahn fahren? Ich habe das Auto in der Werkstatt.

Daher weht der Wind. Kein Problem. Ich kann Ihnen den Baum nach Hause liefern.

Und wie viel kostet das? , fragt der Vater.

Nichts. Sie müssten sich lediglich ein wenig gedulden. In einer halben Stunde werde ich abgelöst. Wenn Sie dann noch einmal vorbeikommen, fahre ich mit Ihnen, wohin Sie müssen. Irgendwohin, wo es warm ist, zum Beispiel. Und dort könnten wir herausfinden, was sich unter seiner dicken Winterkleidung versteckt.

Vielen Dank. Das ist toll. Ben läuft auf mich zu und umarmt mich.

Gut, er erwischt nur meinen Bauch, sodass er mich beinahe umwirft. Aber die

Wucht, mit der die Überraschung mein Herz zusammendrückt, ist sowieso größer.

Blinzelnd sehe ich auf ihn hinunter und versuche meine Rührung zu unterdrücken. Ähm, gern geschehen.

Noch ist die Entscheidung nicht getroffen , stellt sein Vater fest. Sichtlich unangenehm berührt funkelt er seinen Sohn an.

Bitte, Papa. Mit riesigen Augen und einem hoffnungsvollen Strahlen kocht der Junge sogar mich weich.

Ich mache das gern , setze ich nach.

Mr Attractive zögert. Danke für Ihre Mühe, aber

Jakob. Ich lächle ihn an. Wenn er mir schon eine Abfuhr erteilt, soll er wenigstens wissen, wie ich heiße. Mein Name ist Jakob.

Der Vater blinzelt mich überrascht an. Äh Also, danke für das Angebot. Wir nehmen einfach den kleineren Baum.

Der Transport ist wirklich kein Problem. Für Kunden ohne Wagen machen wir das regelmäßig. Hoffentlich durchschaut er meine Lüge nicht.

Also

Dieses Weihnachten wird furchtbar langweilig. Ben seufzt. Besonders, weil du gesagt hast, das Christkind bekommt das Megatron Superwurfspiel nicht rechtzeitig fertig. Bitte kauf wenigstens den Baum, wenn wir schon allein feiern müssen.

Ich habe keine Ahnung, worum es sich beim Megatron Superwurfspiel genau handelt. Wenn dieses Kind noch länger so bittend dreinschaut, werde ich es ihm allerdings besorgen. Egal woher. Egal, ob das Spielzeug pädagogisch wertvoll oder der letzte Dreck ist. Ich will ihm unbedingt seinen Wunsch erfüllen. Wie bekommt der kleine Rotzlöffel das nur hin? Kann er mir das beibringen?

Der Vater dreht den Kopf zu mir. Unsere Blicke treffen sich. Ich kann sehen, wie es hinter seiner Stirn arbeitet. Ganz offensichtlich hat er ein Problem damit, meine Hilfe anzunehmen. Bestimmt fühlt er sich von seinem Sohn unter Druck gesetzt. Ihm ist unangenehm, dass er den Baum ohne meine Unterstützung nicht nach Hause schaffen kann. Ich habe nicht vor, ihn vom Haken zu lassen.

Es ist wirklich nichts dabei. Sorgen wir doch gemeinsam dafür, dass dieser kleine Mann ein schönes Weihnachtsfest verbringen kann. Ich streiche über die Mütze des Jungen und grinse auf ihn nieder.

Bens Lächeln nimmt noch an Strahlkraft zu. Wenn sein Vater nicht als Spielverderber dastehen will, muss er meinen Vorschlag annehmen.

Mr Attractive seufzt. Es scheint, als würde er am liebsten mit den Augen rollen. Sein Blick wirkt sauer, doch bei seinen nächsten Worten klingt nichts von seinem

Ärger mit. Dann bedanke ich mich herzlich für dieses großzügige Angebot.

Wie gesagt: kein Problem. Ich liefere Ihnen den Baum sehr gern. Welcher davon darf es denn jetzt sein?

Bens Vater betrachtet das Angebot. Wir brauchen einen schmalen, der in die Ecke des Wohnzimmers passt. Und höher als zwei Meter darf er nicht sein.

Ich nicke. Und welche Sorte? Nordmanntanne, Edeltanne, Blaufichte oder Fichte?

Ehrlich gesagt habe ich mir darüber noch nie Gedanken gemacht. Ich entscheide aufgrund der Optik. Was würden Sie mir denn empfehlen?

Eine entspannende Partnermassage, dann ein Glas Wein, während wir gemütlich plaudern und im Anschluss den Abend im Bett ausklingen lassen.

Mit trockenem Mund räuspere ich mich. Die Nordmanntanne sticht nicht. Die Edeltanne besitzt blaugrüne Nadeln und hat die längste Haltbarkeit. Die Nadeln der Blaufichte sind bläulich. Sie sticht mehr und hält nicht so lange. Die würde ich Ihnen nicht ans Herz legen. Die Fichte behält am wenigsten lange ihre Nadeln und ist deshalb billiger. Damit haben Sie allerdings keine Freude.

Dann also Nordmann- oder Edeltanne.

Schauen wir mal, was wir Schönes finden.

Ich verschiebe die Ständer, in denen einige große Exemplare präsentiert werden, um an die Bäume zu gelangen, die noch eingepackt auf dem Boden warten. Mit zusammengekniffenen Augenbrauen hebe ich einige davon an. Durch das Netz ist es schwer, die genaue Form abzuschätzen, aber ich mache diesen Job einen saisonalen Nebenjob, um genau zu sein jetzt schon ein paar Jahre. Bei einem der Tannenbäume kribbelt es mir in den Fingern.

Meinem interessanten Kundenpaar schicke ich ein zufriedenes Lächeln. Sie müssen einen Schritt zur Seite machen, damit ich den Baum auf den freien Platz bugsieren und das Netz aufschneiden kann. Die Zweige bleiben von der langen Lagerung nach oben gebogen. Ich biege die unterste Reihe vorsichtig nach unten, damit man erkennen kann, wie breit die Tanne tatsächlich ist.

Erwartungsvoll hebe ich den Blick und sehe zu dem Vater.

Der sollte grundsätzlich in die Ecke passen, die wir für ihn ausgesucht haben , stellt er fest, klingt aber immer noch unsicher.

Dann nehmen wir den , bestimmt Ben.
Wir kaufen das Buch, das Papa braucht, und dann kommen wir zurück.

Die energische Planung des Jungen bringt mich zum Grinsen.

Sein Vater blickt auf ihn nieder. Ein Muskel an seinem Kiefer zuckt. Dann nickt er. Einverstanden.

Großartig. Ich packe die Tanne wieder ein, während Sie Ihre Einkäufe erledigen.

Ich ziehe den Rest des zerschnittenen Netzes zur Seite und hebe die Tanne hoch, um sie zur Einpackstation zu bringen.

Tut mir leid, dass wir Ihnen unnötige Arbeit

Das ist mein Job , unterbreche ich ihn rasch und schicke ihm mein strahlendstes Lächeln. Es würde mich brennend interessieren, ob ich eine Chance bei ihm habe. Dass er einen Sohn hat, bedeutet nicht, dass ich mir keine Hoffnungen machen darf. Allerdings verkompliziert ein Kind jede Affäre, egal wie niedlich es ist.

Mr Attractive blinzelt, bevor er mein Lächeln erwidert.

Wow. Obwohl er ein paar Volt zurückhält, lässt das seine Augen noch blauer wirken. Ich würde gern herausfinden, ob sich die Farbe verändern kann. Zum Beispiel wenn er sich über etwas besonders freut oder wenn er aufgeregt ist oder wenn Erregung in ihm hochkocht. Ob ich bei unserem Ausflug eine Gelegenheit erhalte, ihn herauszufordern, ihn zu einer Reaktion auf mich zu provozieren?

Noch einmal vielen lieben Dank für Ihre Mühe , sagt er mit dieser angenehmen, tiefen Stimme, die mir einen Schauer über den Rücken jagt.

Das mache ich gern. Und wie! Bis später.

Bis dann! Er greift nach der Hand seines Sohnes und marschiert mit ihm davon.

Immer noch sitzt ein Lächeln auf meinem Gesicht fest. Die beiden scheinen nett. Schwer zu sagen, wer von den zweien süßer ist.

2. Kapitel

Niklas

Darf ich mir auch ein Buch aussuchen? , fragt Ben und zupft an meinem Ärmel.

Irritiert wende ich ihm mein Gesicht zu. In Gedanken bin ich immer noch bei dem Roman, den ich gerade in Händen halte. Die Farbgestaltung des Covers spricht mich an. Ob mir die Handlung auch gefallen wird? Was denn?

Ich will auch ein neues Buch haben.

Das hier muss ich für meine Arbeit lesen , erinnere ich ihn. Das Buch ist ganz neu rausgekommen. Ich möchte es lesen, weil wir für die nächste Veröffentlichung des Verlags etwas ganz Ähnliches geplant haben. Wenn der Inhalt so sehr unserer Geschichte gleicht, wie man nach dem Klappentext annehmen könnte, muss ich mit dem Coverdesign gar nicht erst beginnen.

Ben seufzt und lehnt sich an den Tisch mit den Neuerscheinungen, der gleich neben dem Eingang der Buchhandlung aufgestellt ist. Meine Ausführungen interessieren ihn überhaupt nicht. Kann ich bitte trotzdem eins haben? Die Cowboygeschichte ist fast fertig. Dann können wir gleich mit einem anderen Buch anfangen.

Ich hebe eine Augenbraue, bevor ich die kartonierte Ausgabe einer Kindergeschichte daran hindere, von Ben vom Tisch gestoßen zu werden. Haben wir nicht bereits genug Bücher, die nur darauf warten, endlich an die Reihe zu kommen?

Das sind aber hauptsächlich Heldengeschichten. Wie wäre es mit einer Geschichte über einen Zauberer wie die da drüben?

In deinem Zimmer hast du genug Auswahl zu den verschiedensten Themen , erinnere ich ihn.

Man kann nie genug Bücher haben.

Grinsend schüttle ich den Kopf. Wo hast du deine Weisheit bloß her?

Das hat Dad immer gesagt. In seinen Augen blitzt Traurigkeit auf.

Es fühlt sich an, als hätte er mir direkt in den Magen geboxt. Mein Lächeln erlischt. Wir beide vermissen Liam, seit er vor einem Jahr gestorben ist, doch für Ben ist es natürlich schlimmer als für mich. Ich habe Erinnerungen an viele glückliche Jahre, die wir davor mit Abenteuern gefüllt haben. Unser Sohn vergisst langsam, wie Liam überhaupt ausgesehen hat. In unserer Wohnung stehen unzählige Fotos. Die können Ben allerdings nicht zeigen, wie sich Liams Lachen angehört hat, wie seine Augen geblitzt haben, wenn er von etwas begeistert gewesen ist, wie gut sich seine Umarmung angefühlt hat.

Ich erzähle Ben täglich von seinem Dad. Dem Mann, der seinen Job aufgegeben hat, um für unser gemeinsames Kind da zu sein. Dem Mann, der dafür gesorgt hat, dass wir überhaupt für die Adoptionsvermittlung interessant wurden. Dem Mann, der Bens und mein Leben so besonders gemacht hat. Aber wie soll ich die Kleinigkeiten greifbar machen, wenn meine Worte jedes Mal so verdammt plump klingen?

Papa? Bens Stimme ist klein und hoch.

Rasch umarme ich ihn und streiche über seinen Rücken. Tut mir leid. Ich war nur in Gedanken. Klar kannst du dir ein Buch aussuchen.

Für einen Augenblick erwidert er meine Umarmung. Dann nimmt die Begeisterung überhand. Er löst sich von mir und strahlt zu mir auf. Danke.

Soll es der Zauberer werden? Oder nehmen wir diesmal endlich das Prinzessinnenbuch, dessen Cover mir so gut gefällt?

Das Gesicht des wundervollsten Kindes dieser Erde verzieht sich zu einer angewiderten Grimasse. Ich habe nichts gegen Prinzessinnen. Aber die Geschichte handelt von einer, die nur lernen soll, eine gute Prinzessin zu sein. Wie langweilig. Bestimmt stickt sie die ganze Zeit.

Ich lasse meine Augenbrauen hochschnellen. Vielleicht sind sogar Muster drin, die wir ausprobieren können. Wenn wir Glück haben, erhält sie sogar Klavierunterricht und kann uns etwas beibringen.

Du hast gesagt, dafür bin ich noch zu klein. Ich muss kein Musikinstrument lernen, wenn ich nicht will. Er klingt beinahe trotzig.

Schon gut. Ich werde dich zu nichts zwingen. Ich darf mich nicht beschweren. Beim Sport zeigt er mehr Begeisterung, selbst wenn er niemals die Ausdauer hat, eine Sportart lange genug auszuüben, um wirklich gut darin zu werden. Ich habe Schwierigkeiten, ihm immer neue Möglichkeiten zu bieten, sich auszuprobieren. Er soll seine Kindheit ruhig so lange wie möglich ohne Verpflichtungen genießen. In seinem kurzen Leben hat er bereits genügend Herausforderungen gemeistert.

Seine kleine Hand schlüpft in meine, und er zieht mich vorwärts zu den Regalen mit den Kinderbüchern. Obwohl mich die Neugierde plagt und ich am liebsten einen Blick in das Buch werfen würde, das ich ausgesucht habe, konzentriere ich mich ganz auf den jungen Mann. Begeistert holt er Buch um Buch aus dem Regal mit den Abenteuergeschichten. Ich lese ihm die Klappentexte vor, doch irgendwie will bei keinem der Funke auf Ben überspringen.

Du musst dich jetzt leider entscheiden. Wir haben schließlich noch etwas vor.

Er nickt und blättert weiter ein Buch auf der Suche nach Bildern durch.

Ben, wir müssen los. Vorsichtig nehme ich ihm die Geschichte aus der Hand. Endlich sieht er zu mir hoch. Welches soll es sein?

Dann nehmen wir halt das letzte. Er klingt nicht sonderlich begeistert.

Ich hole tief Luft und setze ein Lächeln auf. Wir können auch abwarten, was das Christkind bringt. Sollte bei den Geschenken kein Buch dabei sein, das dir gefällt, können wir uns immer noch auf die Suche nach einem spannenden Abenteuer machen.

Schnell schnappt er sich das Buch und drückt es an seine Brust. Das hier.

Schön. Dann ab zur Kasse. Wir müssen uns beeilen.

Der Tannenbaum! Plötzlich ist die Erinnerung wieder da. Wir holen ja noch den Tannenbaum!

Genau. Dank dieser Aktion wird es ganz schön spät, bis wir endlich nach Hause kommen. Du musst mir versprechen, nicht zu jammern, wenn ich dich nach dem Essen sofort ins Bett schicke.

Er seufzt und rollt mit den Augen. Jaaaa.

Kochen kann ich mir sparen, auch wenn ich dafür genug Zutaten daheim hätte.

Etwas frisch zuzubereiten, würde viel zu lange dauern. Wir holen uns in der Pizzeria etwas zum Mitnehmen. Was meinst du?

Das wäre toll. Können wir Jakob auch eine Pizza besorgen?

Wem?

Jakob. Der Christbaumverkäufer.

Ben merkt sich so etwas natürlich sofort. Hauptsache, er vergisst, wenn ich ihm zum zwanzigsten Mal erkläre, dass man seine Schmutzwäsche *in* den Wäschekorb schmeißen muss und nicht daneben.

Ich lache leise auf und schiebe Ben vorwärts. Auch wenn er nett ist, hat er bestimmt Besseres vor.

Er hilft uns. Dafür müssen wir uns bedanken.

Und wenn er Pizza nicht mag?

Das tut jeder , behauptet Ben.

Vermutlich hat er Recht. Trotzdem habe ich nicht vor, den Verkäufer zum Essen einzuladen. Es ist mir verdammt unangenehm, dass Ben mich in diese Situation gebracht hat. Ich hasse es, auf die Hilfe von Fremden angewiesen zu sein. Im Moment kommt einfach alles zusammen. Erst fährt mir auf dem Parkplatz ein Betrunkener ins Auto, weshalb ich auf meinen fahrbaren Untersatz verzichten muss. Mein Bruder feiert Weihnachten bei seinen Schwiegereltern. Meine Eltern gewinnen kurzfristig eine Kreuzfahrt. Plötzlich sind Ben und ich über die Feiertage allein.

Liams Eltern haben den Kontakt zu ihrem Sohn abgebrochen, als er sich als junger Mann geoutet hat. Ich habe keine Kontaktdaten von ihnen, weiß nur, dass sie irgendwo in der Nähe von London leben müssten. Zu schade, dass dieser Teil der Familie für Ben wegfällt. Jetzt bin ich im Alleingang dafür zuständig, Weihnachten für ihn zu einem großartigen Fest zu machen. Jetzt geht es nicht um meine Befindlichkeiten. Jetzt drehen sich die nächsten Tage nur darum, Ben eine schöne Zeit zu bereiten.

Dafür nehme ich auch die Hilfe des attraktiven Verkäufers in Kauf. Aber ich werde ihn bezahlen. Mit einem ordentlichen Trinkgeld. Nicht mit einem Essen in meiner Küche. Es wäre mir unangenehm, ihn an meinem Tisch sitzen zu haben. Ich verstehe, warum Ben nahezu gierig darauf ist, Zeit mit jemand anderem als mir zu verbringen. Die Feiertage über kann er keinen seiner Freunde besuchen. Die Aussicht, tagelang nur mit mir vorliebnehmen zu müssen, scheint ihn abzuschrecken. Dabei habe ich mir einige Dinge überlegt, die wir unternehmen können. Ein wenig Abwechslung kann ich ihm schon bieten. Da brauchen wir keinen Fremden, der komische Gedanken in mein Gehirn pflanzt.

Jakob.

Während ich die beiden Bücher bezahle und mich dann mit Ben auf den Weg in die Pizzeria mache, überlege ich, warum er überhaupt seinen Namen genannt hat. Wollte er mich dadurch dazu beeinflussen, ihm Vertrauen entgegenzubringen? Oder steckt etwas anderes dahinter? Ist es verrückt, wenn ich hoffe, dass er noch einen anderen Grund hatte, eine Verbindung zu mir herstellen zu wollen?

Als er zwischen den Bäumen aufgetaucht ist, hat mich sein Anblick überrumpelt. Rotes, nach hinten gekämmtes Haar mit kurz geschnittenen Seiten. Ein Vollbart, worauf ich eigentlich gar nicht stehe. Meine Stoppeln will ich gleich morgen wieder loswerden. Aber zu ihm passt die Gesichtsbehaarung perfekt. Sofort habe ich mich gefragt, wie sich der Bart wohl beim Küssen anfühlt

Einem kurzen, unverbindlichen Abenteuer wäre ich nicht abgeneigt. Viel mehr ist ohnehin nicht möglich. Ein alleinerziehender Vater wirkt ungefähr doppelt so abschreckend wie eine Singlemutter. Von Frauen erwartet man beinahe, dass sie - gesegnet mit einem großen Netzwerk - kein Problem damit haben, sich für ihre Familie aufzuopfern. Doch niemand kann sich vorstellen, wie ein Mann allein den Alltag mit einem kleinen Kind schafft und gleichzeitig noch in der Lage ist, einer Arbeit nachzugehen. Wo soll da noch Zeit für einen neuen Partner bleiben? Meine vorwiegend männlichen Freunde mögen Ben, haben allerdings noch niemals etwas nur mit ihm unternommen. Wenn ich ein paar Stunden für mich haben will, muss ich meine Eltern bitten, auf Ben aufzupassen, oder einen Babysitter organisieren. Trotzdem steht Ben für mich an erster Stelle, worunter meine Sozialkontakte im letzten Jahr erheblich gelitten haben.

Zum Glück kann ich meine Arbeitszeit frei einteilen, arbeite viel von zu Hause aus. Ein Vorteil daran, mich als Grafikdesigner selbstständig gemacht zu haben. Trotzdem gilt es Fristen einzuhalten, wodurch hin und wieder Nachtschichten notwendig sind. Sonja, meine im selben Stockwerk wohnende Nachbarin, hat sich dabei als wahrer Schatz entpuppt. Sie studiert Rechtswissenschaften und ist froh, sich mit Babysitten ein wenig dazuverdienen zu können, ohne dafür außer Haus zu müssen.

Sollte sich mir also die Möglichkeit bieten, mich mit jemandem zu verabreden, könnte ich sie bestimmt darum bitten, auf Ben aufzupassen. Nicht dass ich tatsächlich annehme, der Christbaumverkäufer könnte Interesse an mir haben.

Da sind wir wieder , verkünde ich betont fröhlich, als Ben und ich kurz darauf an Jakobs Stand ankommen.

Er ist gerade dabei, ein paar Bäume um-
zuschichten, und zuckt zusammen. Habt
ihr euch absichtlich angeschlichen? , fragt
er, nachdem er sich zu uns umgedreht hat.
Seine Augen funkeln amüsiert.

Ich nehme mir einen Moment, die Mischung aus Blau und Braun zu bewundern. Ein gutaussehender Kerl. Und der
Ausdruck in seinem Blick

Blinzelnd räuspere ich mich. Wir wollten Sie nicht erschrecken. Es tut mir leid.

Jakob lacht auf. Um mich von den Socken zu hauen, braucht es schon mehr.
Wir können gleich los. Ich sage nur schnell
meinem Kollegen Bescheid.

Mein Blick verfolgt ihn, als er davonmar-
schiert und sich mit einem Mann in dicker
Jacke und klobigen Stiefeln unterhält.

Ist das der Richtige? , fragt Ben.

Ich blinzle und richte meine Aufmerksamkeit auf ihn. Wer?

Der Baum da. Ist das der, den wir ausgesucht haben? Seine Hand wedelt zu einem Baum in einem Netz, der am Zaun
lehnt. Du könntest ihn schon mal nehmen.

Erst muss ich ihn bezahlen, Ben. Außerdem ist der Baum so schwer, dass ich
ihn nicht heben mag, solange es noch
nicht notwendig ist.

Zu zweit tun wir uns etwas leichter. Jakob kommt zurück. Weit ist es bis zu meinem Auto auch nicht.

Wie viel bin ich dir denn   ? Entschuldigung. Ich räuspere mich. Wie viel bin ich Ihnen denn für die Tanne schuldig?

Er lächelt dieses Lächeln, das wirkt, als wolle er die ganze Stadt damit beleuchten. Mein dämliches Herz schlägt bei dem Anblick schneller. Und mein noch dämlicherer Körper   Kein Kommentar.

Wir können gern beim Du bleiben , schlägt er vor. Der Baum kostet zwanzig Euro.

Ich fische das Geld aus meiner Börse und gebe noch zwanzig Euro dazu. Danke für deine Hilfe, Jakob.

Als ich ihn bei seinem Namen nenne, leuchten seine Augen kurz auf. In meinem Magen flattert es. Wenn dieser Mann heterosexuell ist, sendet er mir die völlig falschen Signale. Oder bin ich so aus der Übung, dass ich danebenliege?

Er zählt die Scheine nach und hält mir dann die zwanzig Euro entgegen. Du hast dich verzählt.

Nein, ich wollte mich damit für deine Hilfe bedanken.

Überrumpelt sehe ich dabei zu, wie er nach meiner Hand greift und den Schein hineinlegt. Seine Finger streichen eisig über meinen Handrücken. Die Kühle ist allerdings nicht der Grund, weshalb sich von meinen Fingern eine Gänsehaut bis hoch zu meinen Schultern ausbreitet.

Lächelnd zwinkert er mir zu. Warten wir ab, ob du am Ende des Tages tatsächlich zufrieden mit mir bist.

Neuerlich dieses Flattern in meinem Magen. Als würde Jakobs angenehme Stimme ein lange im Winterschlaf befindliches Tier in mir erwecken. Perplex starre ich ihn an, weiß nicht recht, ob eine Antwort von mir erwartet wird. Jedenfalls bin ich zu keiner vernünftigen Erwiderung fähig. Meine Gedanken wandern einfach in eine völlig falsche Richtung.

Ist er der Richtige? , fragt Ben schon wieder. Diesmal wendet er sich damit direkt an Jakob.

Ganz so wie ich vorhin runzelt er verständnislos die Stirn. Ob seine Gedanken ihm den gleichen verrückten Streich spielen?

Mein Sohn glaubt, dass er den Baum erkannt hat, den wir ausgesucht haben , erkläre ich schnell, bevor die Situation seltsam wird.

Jakob beugt sich zu Ben herunter. Du hast ein gutes Auge , lobt er. Vielleicht wirst du auch einmal Christbaumverkäufer.

Mein Sohn schüttelt völlig unbeeindruckt den Kopf. Nein, wenn ich groß bin, fliege ich zum Mond. Mein Dad hat mit mir einen Film über Autro   Atro

Astronauten , helfe ich aus.

Genau. Wir haben einen Film über Astronauten angeschaut. Das will ich machen.

Mein Herz wird zusammengepresst. Liam hat kurz vor seinem tödlichen Autounfall eine Dokumentation über Raumfahrt gekauft. Ben war eigentlich zu jung für die fachlichen Details. Er hat die DVD jetzt allerdings schon so oft angesehen, dass er fest davon überzeugt ist, irgendwann ins Weltall zu fliegen.

Mein Dad.

So bezeichnet er nur Liam. Ich bin sein Vater, hin und wieder sein Papa. Aber den besonderen Kosenamen hat er nur für Liam gelernt.

In meinem Kopf erscheinen ganz plötzlich die Bilder von Liam und Ben, wie Liam beim Miteinanderkuscheln immer wieder das Wort Dad wiederholt hat. Ben hat Liam angestrahlt und die Bezeichnung nachgebrabbelt. Da habe ich das erste Mal einen eifersüchtigen Stich in der Herzgegend verspürt. Nicht gerade nett, Eifersucht gegenüber dem eigenen Ehemann zu empfinden. Trotzdem bin ich davon überzeugt, dass Ben und Liam ein engeres Band verbunden hat, als mich jemals mit Ben verbinden wird.

Du willst den Mond besuchen? , fragt Jakob. Cool. Wenn dir das gelingt, bring mir bitte einen Stein von da oben mit. Ich bin sicher, das fällt nicht weiter auf.

Okay. Ben lächelt zu ihm hoch. Wenn ich es bis dahin nicht vergessen habe.

Ich unterdrücke ein Grinsen. Mein Herz fühlt sich ein wenig leichter. Schön. Nachdem wir das geklärt haben, können wir erst mal den Baum abtransportieren.

Jakob richtet sich auf und nickt mir zu.

Nimmst du die Spitze? Ich schnappe mir den Stamm und lotse dich zu meinem Auto.

Dann hast du aber den schwereren Teil , stelle ich fest.

Kein Ding. Ich bin gewohnt, die Bäume zu stemmen. Er schiebt mich an die richtige Stelle und hebt den Stamm an.

Dann trägt Ben wohl die Tüten. Ich halte Ben die Einkaufstüten entgegen, die er mir wenig begeistert abnimmt. Dein Buch ist auch mit dabei , erinnere ich ihn und hebe eine Augenbraue.

Ich weiß , antwortet Ben mit einem Seufzen.

Als ich nach der Spitze der Tanne greife und losmarschiere, trottet er neben mir her.

Zwei Minuten später kommen wir an einem Lieferwagen an. Dort senkt Jakob den Stamm ab, um den Wagen aufzusperren.

Ist das deiner? , frage ich. Mich irritieren die Zeichnung eines Christbaumes und der Schriftzug mit einem Firmennamen inklusive Telefonnummer an der Seite.

Er gehört meinem Boss , gesteht Jakob. Das Team nutzt ihn für Auslieferungen. Ich bringe ihn im Anschluss zurück zu meinem Kollegen. Mit einem Ruck zieht er die Seitentür auf.

Mehrere kleinere Bäume liegen auf der Ladefläche. Jakob breitet eine Decke darüber aus und hebt dann unsere Tanne hoch. Mit meiner Hilfe schiebt er sie auf die Decke. Sobald ich zurückgetreten bin, wirft er die Tür zu.

Ist das auch wirklich kein Problem? , erkundige ich mich noch einmal.

Er kommt bestimmt ohne den Lieferwagen zurecht. Heute verkaufen wir ohnehin nicht mehr sonderlich viel. Er hält die Beifahrertür auf. Rein mit euch.

Mit gerunzelter Stirn werfe ich einen Blick hinein. Das funktioniert leider nicht so einfach.

Sein Blick folgt meinem. Ihr werdet nicht sonderlich viel Platz haben und richtig bequem ist der Sitz auch nicht, aber für unseren Ausflug wird das schon reichen.

Du hast keinen Kindersitz. Warum habe ich nicht sofort daran gedacht?

Nein. Trocken lacht er auf. Oh. Wie heißt die Straße, in der ihr wohnt?

Nach kurzem Zögern sage ich ihm die Adresse unserer Wohnung.

Das ist nicht weit von hier , stellt Jakob fest. Vielleicht zehn Minuten Fahrzeit. Auf der kurzen Strecke passiert bestimmt nichts.

Tut mir leid. Ich schüttle den Kopf. Wenn du eine Vollbremsung hinlegen musst, fliegt Ben durch die Windschutzscheibe. Das Risiko kann ich nicht eingehen.

Ach, Papa , beschwert sich Ben. Es ist nur ein kurzes Stück, und ich will unbedingt mit dem Lieferwagen fahren. Der ist so riesig. Bestimmt kann man die Straße viel besser sehen als von unserem Auto aus.

Kommt trotzdem nicht infrage. Ich balle die Hände zu Fäusten und versuche mein plötzlich viel zu schnell schlagendes Herz zu beruhigen. In meinem Kopf entstehen bereits die schlimmsten Bilder der möglichen Folgen. Ben halb aus der Windschutzscheibe hängend. Ben aus dem Wagen geschleudert. Ben eingeklemmt in dem auf dem Kopf stehenden Fahrzeug. Liam, der mich mit reglos geweiteten Augen anstarrt, während das Blut aus einer riesigen Wunde auf seiner Stirn tropft

Ich spüre eine Hand auf meiner Schulter und fokussiere meinen Blick auf Jakob. Sein Gesicht ist ernst. In seinen Augen lese ich beunruhigte Neugierde.

Alles in Ordnung? , fragt er leise.

Ja. Nein. Aber wie soll ich das jemandem klarmachen, der vermutlich dem Tod noch niemals so nahe gekommen ist wie ich?

Auf die Schnelle kann ich keinen Kindersitz organisieren. Wäre es vielleicht in Ordnung, wenn wir ausnahmsweise

Vehement schüttle ich den Kopf.

Er nickt. In seiner Miene ist kein Vorwurf zu lesen. Ich fahre vor in die Straße, in der ihr wohnt. Dann haben wir zwei Möglichkeiten. Wenn die untere Eingangstür geöffnet ist, kann ich den Baum auch schon reintragen und dort auf euch warten. Oder du vertraust mir deinen Schlüssel für die untere Tür an. Aber ich verstehe, wenn du das bei einem Fremden für keine gute Idee hältst. In welchem Stockwerk wohnt ihr?

Fast ganz oben , antworte ich vage.

Mit Lift?

Leider nicht.

Jakob zuckt mit den Schultern. In dem Fall schaffst du es nicht allein, den Baum nach oben zu transportieren. Mit einem Knall lässt er die Beifahrertür zufallen.

Der Gedanke, die Tanne tatsächlich allein bis in den zehnten Stock schleppen zu müssen, gefällt mir nicht. Allerdings möchte ich ihm auch nicht zu viele Umstände machen. Wenn wir mit der U-Bahn nachkommen, brauchen wir bestimmt länger als du. Lehn die Tanne einfach an die Fassade. Wir sind ohnehin die Letzten, die sich einen Christbaum besorgt haben. Niemand wird unseren klauen.

Und wenn doch? , jammert Ben.

Keine Sorge. Ich lasse nicht zu, dass du ohne Baum feiern musst. Jakob zwinkert ihm zu.

Aber

Er macht eine wegwerfende Handbewegung und läuft um den Wagen herum. Wir sehen uns in ein paar Minuten.

Perplex sehe ich ihm dabei zu, wie er ins Auto steigt und davonfährt. Dann nehme ich Ben die Tüten ab und seufze. Na schön. Los geht s.

Wir laufen zur nächsten U-Bahn-Station. Zum Glück fährt gerade eine Bahn ein, weshalb wir den ersten Teil unseres Heimweges schnell hinter uns bringen. Wieder auf dem Bahnsteig spüre ich Unruhe in meinem Magen, als ich den Rückleuchten des nächsten Zuges nachsehen muss. Wir brauchen viel länger, als ich gehofft habe. Ich frage mich, ob ich überreagiert habe. Hätte ich Ben einfach in den Wagen setzen sollen?

Liams Tod habe ich immer noch nicht verkraftet, obwohl der Unfall inzwischen ein Jahr her ist. Ich vermisse meinen Ehemann und fühle mich schuldig, weil ich ihn nicht retten konnte. Ein Teil von mir will wirklich daran glauben, dass er jetzt an einem besseren Ort ist, dass er Ben und mich beobachtet und auf uns Acht gibt, aber ich kann auch die Wut nicht abstellen, weil er jetzt nicht mehr bei uns ist.

Ich umklammere Bens Hand, als wir in die nächste U-Bahn steigen. Die Fahrt dauert keine fünf Minuten. Dann verlassen wir die Station und müssen drei Minuten die Straße entlanglaufen, bis wir bei dem Gebäude ankommen, in dem sich unsere Wohnung befindet.

Jakobs Lieferwagen ist nicht zu übersehen. Er parkt direkt gegenüber dem Eingang. Der Verkäufer selbst lehnt an seinem Wagen und sieht uns mit vor der Brust verschränkten Armen lächelnd entgegen.

Wie selbstbewusst er aussieht! Wie anziehend er wirkt!

Ganz von allein schummelt sich ein Lächeln auf mein Gesicht, als wir bei ihm ankommen. Noch einmal hallo. Ich hoffe, du musstest nicht zu lange warten.

Erst vor fünf Minuten angekommen. In der Winterstraße gab es einen kleinen Stau. Er stößt sich vom Wagen ab und öffnet die Seitentür.

Rasch reiche ich die Einkaufstüten wieder an Ben weiter und helfe Jakob, unsere Tanne aus dem Wagen zu ziehen.

Ben beobachtet uns mit skeptischem Gesichtsausdruck. Ihr passt aber schon auf, dass dem Baum nichts passiert, oder? Ich glaube nicht, dass Papa noch mal einen neuen kauft, wenn der kaputtgeht.

Keine Sorge. Jakob grinst ihn an. Wir Spezialisten machen nichts kaputt. Und selbst wenn, würde ich euch natürlich einen neuen vorbeibringen. Ich fühle mich persönlich dafür verantwortlich, für einen vernünftigen Christbaum für dich zu sorgen.

Ich gebe ein Brummen von mir, damit Ben aus dem Weg geht, während wir den Baum zum Eingang tragen. Gleichzeitig drücke ich mit diesem Laut meinen Unwillen aus. Ich mag nicht, dass Jakob Ben gegenüber so tut, als wären wir spezielle Kunden für ihn. Erwachsene sind diesen Hang zum Übertreiben bei Verkäufern gewohnt, doch der Junge nimmt das für bare Münze.

Jakob hält an der Tür an. Ich lege die Spitze des Baumes auf dem Gehsteig ab und krame in meiner Hosentasche nach den Schlüsseln. Ben hält uns die Tür auf, damit wir uns an ihm vorbei ins Haus schieben können.

Welcher Stock ist es denn nun? , fragt Jakob.

Der zehnte , gestehe ich.

Ernsthaft?

Ich zucke mit den Schultern. Dafür ist die Aussicht großartig.

Der Rotschopf lacht auf. Dann bekomme ich die hoffentlich auch zu sehen, wenn ich schon den Aufstieg auf mich nehmen muss.

Kriegst du doch kalte Füße? , ziehe ich ihn auf.

Nein, ich möchte nur etwas haben, auf das ich mich freuen kann. Er schleppt die Tanne am Stamm in den ersten Stock. Bestimmt hat er sich seinen Dienstschluss anders vorgestellt.

Wenn du oben schlecht Luft kriegst, kannst du welche auf dem Balkon schnappen , schlage ich vor. Notfalls kannst du dich auch unter die Dusche stellen. Wenn das so weitergeht, bin ich oben nassgeschwitzt.

Kommt bloß daher, dass du die Arbeit nicht gewohnt bist. Ich schlepp dir gleich noch einen weiteren Baum da rauf.

Grinsend verdrehe ich die Augen.

Sein leises Lachen jagt ein Kribbeln über meinen Rücken. Vermutlich brauche ich erst noch ein Sauerstoffzelt , überlegt er. Aber dann kann Ben sich über gleich zwei Tannenbäume freuen.

Beim Erreichen des nächsten Stockwerks werfe ich Jakob einen schnellen Blick zu. Doch nicht so einfach wie gedacht?

Jakobs Wangen haben Farbe bekommen. Das beißt sich etwas mit seinem roten Haar. Ich finde es aber trotzdem süß. Sein Mund ist leicht geöffnet, und seine Atmung hat sich beschleunigt. Perlt da sogar Schweiß auf seiner Stirn? Aber das Stiegenhaus ist auch verdammt warm heute.

Kein Problem , sagt er und klingt nicht so atemlos, wie ich vermutet hätte. Es sollte nur irgendjemand die Heizung abschalten. Feiert ihr hier Unterwäschepartys?

Ich steige auf seine Blödelei ein. Jedes Wochenende nach Sonnenuntergang. Wir wissen hier, wie man vernünftige Feste feiert. Vielleicht magst du ja mal vorbeischauen.

Jakob schnaubt. Da ich von diesen Partys noch nichts gehört habe, können sie nicht so großartig sein. Aber wenn ich in meinen Baywatch-Shorts auftauche und meinen Charme versprühe, könnte es doch noch was werden.

Ich lache und stolpere beinahe über meine Füße. Will er mich mit der Vorstellung von ihm in Unterwäsche provozieren? Ich schicke dir eine Einladung zu , verspreche ich.

Die nächsten Stockwerke fallen uns keine Blödeleien mehr ein. Der Baum scheint mit jeder Stufe schwerer zu werden. Irgendwann ist nur noch unser Atem, das Trampeln unserer Schritte und das Geräusch zu hören, mit dem die Tanne an der Wand streift. Immer wieder legen wir eine Pause ein.

Wann kommt ihr endlich? , beschwert sich Ben. Ich habe schon Hunger.

Nur noch zwei Stockwerke , rufe ich zu ihm hoch. Schaffst du es allein, die Tür aufzuschließen?

Ich probiere es. Seine schnellen Schritte nähern sich uns. So viel Energie in so einem kleinen Körper. Beneidenswert.

Er läuft zu mir. Wo hast du den Schlüssel?

In meiner Hosentasche. Ich klemme die Spitze des Baums zwischen der Wand und meiner Hüfte ein, damit sie nicht nach unten rutscht, und fische den Schlüsselbund heraus. Dann reiche ich ihn an Ben weiter. Wenn es nicht funktioniert, warte oben auf uns.

Okay. Flink hüpft er wieder davon.

Ernährt dein Sohn sich von Kaffee? , erkundigt Jakob sich. Sollte er nach dem zweiten Stockwerk nicht bereits darum jammern, von dir getragen zu werden? Stattdessen läuft er die Strecke fast doppelt.

Kinder eben. Hast du welche?

Jakob lacht leise auf. Nein, das hat sich noch nicht ergeben. Mein Leben war bislang einfach zu chaotisch.

Das habe ich auch einmal gedacht. Doch Liam hat mir gezeigt, um wie viel wertvoller es ist, wenn man einem kleinen Wesen beim Aufwachsen zusehen darf.

Noch fünf Stufen, dann haben wir den Absatz erreicht, auf dem unsere Wohnung liegt. Fünf Türen führen von hier weg, und eine davon steht schon offen.

Scheint, als hätte Ben es hingekriegt. Schnell die letzten Meter überwinden, und dann hätte ich gern ein Glas Wasser. Jakob schiebt mich vorwärts.

Du hast dir ein Bier verdient. Ich beeile mich, in die Wohnung zu gelangen. Ich hoffe, es ist noch eines in meinem Geheimversteck. Wir stolpern über die Schwelle, und ich lotse uns ins Wohnzimmer.

Wir stellen den Baum ab, und ich hole den Baumständer aus dem Schrank im Abstellzimmer. Augenblicke später sind wir endgültig von unserer Last befreit und die Tanne steht umfallsicher in der Ecke, in der ich sie haben wollte.

Du solltest das Netz unbedingt heute noch aufschneiden, auch wenn ihr den Baum erst morgen schmückt , erklärt Jakob. Sonst hängen sich die Zweige nicht aus.

Schon klar. Ich kümmere mich darum, sobald ich wieder vernünftig Luft bekomme.

Ben läuft ins Zimmer. Er hat Besteck in den Händen. Das mit dem Hunger scheint keine Übertreibung gewesen zu sein.

Siehst du, wie schön der Baum ist? Der kleinere wäre nicht hübsch gewesen.

Ich zucke mit den Schultern. Du musstest das Ding ja auch nicht hochschleppen, frecher Kerl.

Dafür war ich fleißig , behauptet er. Das Essen steht schon auf dem Tisch.

Verblüfft drehe ich mich um und entdecke die Pizzakartons und die Teller auf dem Esstisch. Drei Teller. Ähm

Ben stellt sich direkt vor Jakob und sieht mit großen Augen zu ihm auf. Du bleibst doch zum Essen, oder? Jeder mag Pizza.

Jakob lacht. Da hast du Recht. Sie duftet auch verdammt gut. Aber ich will nicht stören.

Wir müssen doch richtig Danke sagen. Das macht man so, behauptet Papa immer.

Als würde Ben im Alltag auf das Einhalten von höflichem Verhalten bestehen! Ich verdrehe die Augen. Vor unserem Gast möchte ich meinen Sohn allerdings nicht daran erinnern, was er vor Kurzem im Kindergarten mit einer Packung Knete und dem Rucksack eines kleinen, danach bitterlich weinenden Mädchens angestellt hat.

Ich gebe mir einen Ruck. Es ist genug für drei da. Nach der Tortur haben wir uns eine Stärkung verdient. Ich mache mich gleich auf die Suche nach dem Bier. Das heißt, wenn du überhaupt eines möchtest.

Gerne. Eines darf ich, auch wenn ich dann noch fahren muss. Oder hast du vielleicht zufällig ein alkoholfreies da?

Damit kann ich auf jeden Fall dienen. Ich hole aus dem Kühlschrank zwei Flaschen - die alkoholfreie Version muss ich zum Glück nicht verstecken - und kehre ins Wohnzimmer zurück.

Ben hat sich bereits an den Tisch gesetzt. Jakob öffnet ihm eine Pizzaschachtel. Ist das hier deine? , fragt er.

Ja, die mit Salami. Bens kleine Finger schnappen nach einem Stück und legen es auf seinem Teller ab. Brösel krümeln dabei auf den Tisch.

Jakob schickt Ben einen gespielt strengen Blick. Dann schiebt er grinsend die Krümel zusammen. Im Anschluss bekommt er von Ben ein Stück auf seinen Teller gepackt.

Es handelt sich um eine ganz alltägliche Szene. Trotzdem berührt sie mich.

Mit einem dumpfen Geräusch stelle ich die Flasche Bier vor ihm ab und setze mich. Wenn du lieber Schinken möchtest, kannst du dir ein Stück von meiner nehmen.

Salami ist gut , sagt Jakob mit vollem Mund. Aber ich werde versuchen, Ben nicht alles wegzuessen. Trotz meines riesigen Hungers.

Noch mal danke für deine Hilfe. Wenn du gewusst hättest, welcher Aufwand notwendig ist, um diesen Baum auszuliefern, hättest du den Auftrag bestimmt abgelehnt.

Er schluckt und spült mit dem Bier nach. Wehe, ich höre noch einmal ein

Danke von dir. Lass dir lieber diese ausgezeichnete Pizza schmecken.

Schweigend folge ich seiner Forderung. Ich sehe zu, wie Ben und Jakob die Pizza reinschaufeln, als hätten sie seit Tagen nichts mehr zu essen bekommen. Ich genieße jeden Bissen bewusst. Mir ist nicht nach Plaudern. Mir fällt nichts ein, worüber ich mich mit ihm unterhalten könnte. Sollen wir über Hobbys reden? Soll ich ihn nach seiner Lieblingsfarbe fragen, seiner Lieblingsmusik? Das ist doch albern. Offenbar bin ich bei Smalltalk ordentlich eingerostet.

Es dauert nicht lange, bis wir die Pizzen verputzt haben. Ich habe mich zurückgehalten, damit Jakob satt wird. Jetzt greife ich nach den Schachteln und staple die benutzten Teller, um beides in die Küche zu tragen.

Ich höre, wie Ben und Jakob sich nebenan unterhalten. Sie sind nicht laut genug, damit ich ihre Worte verstehen kann. Was sich die beiden wohl zu sagen haben? Ben lacht auf. Dann wird es wieder stiller.

Ungeduldig räume ich die schmutzigen Teller in die Spülmaschine und schleiche mich dann näher. Wie ein neugieriger Vater, der zwei hormongesteuerte Teenager belauschen möchte, drücke ich mich an die Wand, hinter der die beiden stehen.

Freut mich, dass er dir gefällt , sagt Jakob gerade. Du hast deinen Dad ganz schön um den Finger gewickelt.

Das hat er, doch Jakob trägt daran eine Teilschuld.

Nicht meinen Dad. Der ist tot.

Ich dachte, der steht in der Küche , erwidert Jakob.

Das ist mein Vater. Mein Dad ist gestorben. Das Kratzen eines Gegenstandes über Holz ist zu hören. Das ist das letzte Foto, das wir von uns dreien gemacht haben.

Mein Herz krampft sich zusammen. Plötzlich weiß ich, dass ich nicht länger lauschen möchte. Ich räuspere mich und betrete das Wohnzimmer. Es ist schon spät, Ben. Zeit, ins Bett zu gehen.

Der Frechdachs zieht eine Schnute. Aber Papa

Los jetzt. Ab zum Zähneputzen. Ich deute mit dem Kopf nach nebenan.

Als Ben an mir vorbeikommt, nehme ich ihm das Bild ab, um es an seinen angestammten Platz zurückzustellen.

Ich werfe nur einen kurzen Blick darauf. Die Traurigkeit, die mich beim Betrachten des Fotos sonst überfällt, kann ich gar nicht gebrauchen. Stattdessen widme ich meine Aufmerksamkeit Jakob. Ein nicht ganz ehrliches Lächeln muss reichen.

Noch mal Danke

Ja, ja. Schon gut. Ich habe den Eindruck, du bedankst dich ziemlich gern. Er zwinkert mir zu. Vielleicht finden wir heraus, was ich tun kann, damit du tatsächlich einen Grund hast, um mir dankbar zu sein.

Das ist Ich Völlig überfordert betrachte ich sein attraktives Gesicht. Das Funkeln in seinen Augen löst erneut ein Kribbeln in meinem Magen aus. Sollten wir uns irgendwann zufällig wieder treffen

Keine Ahnung, ob du schon wieder bereit für ein Date bist, aber ich hätte dir gern meine Handynummer gegeben.

Ein Date? Unmöglich. Total verrückt. Was denkt er sich denn?

Aus dem Badezimmer ist das Geräusch von Bens elektrischer Zahnbürste zu hören. Ben. Ich bin alleinerziehender Vater. Wie stellt er sich das denn vor?

Du solltest jetzt besser gehen.

Enttäuschung zeigt sich auf seinem Gesicht. Er nickt und marschiert los. Als er an mir vorbeikommt, streifen seine Finger meine Hand. Neben mir hält er an, beugt sich zu meinem Ohr. Zu schade. Ich fühle mich sehr zu dir hingezogen. Solltest du deine Meinung bis morgen ändern, weißt du, wo du mich findest.

Immer noch berühren seine Fingerspitzen meine Handaußenfläche. Er streicht sanft bis zu meinem Handgelenk, umfasst es locker und lässt mich dann los. Diese beiläufige Zärtlichkeit reicht aus, um das Begehren in meinem Bauch explodieren zu lassen.

Panik rast durch meinen Körper. Das hier ist unmöglich. Ganz in der Nähe hält sich Ben auf. Und dieser Mann macht mir ein verlockendes, aber trotzdem gefährliches Angebot. Ich bin noch nicht bereit, eine neue Beziehung einzugehen. Darauf scheint Jakob wohl auch nicht aus zu sein. Doch selbst ein kurzes sexuelles Abenteuer wäre schon zu viel.

Mein Leben ist gerade dabei, sich zu normalisieren. Ben und ich haben nach dem Unfall zu einem ruhigen, wenig aufregenden Tempo zurückgefunden. Es ist genau das, was ich jetzt brauche. Von Männern, die meinen Puls beschleunigen, halte ich mich besser fern. Wann hätte ich schon Zeit für eine Affäre?

Dann wünsche ich dir eine gute Reise , presse ich hervor und mache einen Schritt von ihm und seinen geschickten Fingern weg. Reglos bleibe ich stehen, während Jakob auf den Gang tritt.

Tschüss, Ben , ruft er.

Du gehst schon? , höre ich Ben fragen.

Ich muss noch ein wenig arbeiten. Hoffentlich ist das Christkind so fleißig, wie du es dir verdient hast. Viel Spaß beim Schmücken der Tanne.

Die Geräusche nebenan lassen mich vermuten, dass Ben zu Jakob läuft. Stoff raschelt. Ob die beiden sich umarmen? Die Vorstellung gefällt mir nicht.

Kommst du, Ben? Ich muss das unterbinden. Auch wenn ich verstehe, dass Ben Jakob nett findet, soll er nicht mehr Emotionen in diese überraschende Begegnung stecken, als nötig ist. Es reicht, wenn ich davon verwirrt bin.

Ben erscheint im Wohnzimmer. Eine Sekunde später fällt die Wohnungstür ins Schloss.

3. Kapitel

Jakob

Mit dieser Tanne treffen Sie die ideale Wahl , versichere ich meinen ersten Kunden am heutigen Tag. Ich bin mir ziemlich sicher, dass es keine zweiten mehr geben wird. Schließlich ist es schon kurz nach zehn Uhr. Wer bis jetzt keinen Baum zu Hause hat, wird sich keinen mehr besorgen.

Er ist perfekt. Die Frau - ich schätze sie auf sechzig, fünfundsechzig - lächelt mich an. In unserem Alter braucht man keine großen Exemplare mehr.

Und er ist jetzt am vierundzwanzigsten auch schon günstig. Wie wäre es mit zehn Euro, weil wir im Anschluss gleich zusammenpacken?

Ihr Lächeln vertieft sich. Vielen Dank, junger Mann. Das ist wirklich sehr nett von Ihnen. Nicht wahr, Berti?

Der Mann neben ihr nickt schweigend und bezahlt das Bäumchen, das nicht mal einen halben Meter hoch ist.

Während ich den Baum in ein Netz hülle, rasen meine Gedanken. Die Frau wirkt sehr dankbar, und das erinnert mich an gestern Abend. Da hat auch jemand nicht aufhören können, Danke zu sagen. Ich habe gehofft, dahinter hätte mehr gesteckt. Und dann habe ich eine sehr unhöfliche Abfuhr erhalten.

Ich übergebe den Baum an meine Kunden und verschanze mich im hinteren Teil des Verkaufsstandes. Lange möchte ich wirklich nicht mehr hierbleiben. Darum beginne ich, die bereits ausgepackten Bäume für den Abtransport fertig zu machen. Mit geübten Bewegungen schiebe ich Tanne um Tanne, Fichte um Fichte durch die Trommel, um nicht zu viel nachzudenken.

Heute Morgen habe ich kurz die Hoffnung gehegt, Niklas könnte auftauchen und auf meine Date-Einladung eingehen. Nachdem ich mir einige Stunden hier in der Kälte die Beine in den Bauch gestanden habe, ist mir klar geworden, dass ich mir etwas vormache.

Mr Attractive steht auf Männer. Dabei hat es sich um eine großartige Entdeckung gehandelt. Aber er steht entweder nicht auf mich oder ist noch nicht bereit, sich mit jemandem zu verabreden. Mit dieser Enttäuschung muss ich erst mal klarkommen. Das hat mich unvorbereitet getroffen, nachdem ich mir völlig sicher war, dass zwischen uns die Funken geflogen sind. Vielleicht ist es verrückt, sich nach einer kurzen Begegnung zu einem Fremden dermaßen hingezogen zu fühlen. Ich habe gestern während des Essens nur daran denken können, wie gern ich Niklas küssen würde. Dieser Dreitagebart macht mich verrückt. Ich möchte unbedingt herausfinden, wie es sich anfühlt, wenn diese Stoppeln über meine Wangen oder meine Lippen streifen. Ob es kitzeln würde, wenn er sich von meiner Brust aus über meinen Bauch tiefer küssen würde?

Vermutlich werde ich das niemals herausfinden. Schade eigentlich. Ob es trotz der Abfuhr doch noch eine Möglichkeit gibt, ihn näher kennenzulernen?

Er ist schon einmal verheiratet gewesen. Es muss eine ziemlich ernste Sache gewesen sein. Immerhin haben sie gemeinsam beschlossen, ein Kind zu adoptieren. Auf dem Weg nach draußen ist mir ein Foto aufgefallen, auf dem Niklas und der Mann, den Ben Dad genannt hat, mit einem Baby zu sehen gewesen sind. Es handelt sich bei dem Jungen also um kein Kind aus einer vergangenen Beziehung. Diese Informationen verraten mir viel über Niklas und seine Sehnsucht nach einer Familie. Ich finde ihn faszinierend, aber das alles sollte mich abschrecken.

Sollte! Als könnte man sich das aussuchen.

Hallo Jakob , ertönt eine Jungenstimme hinter mir.

Ich erkenne sie sofort als die von Ben. Ist er mit seinem Vater hergekommen? Hat Niklas es sich anders überlegt? Mit klopfendem Herzen wende ich mich um.

Ben grinst mich an. Wieder trägt er den auffälligen Schal, der ihm viel zu groß scheint. Musst du noch arbeiten? Heute ist doch Weihnachten.

Wir packen bereits zusammen. Ich sehe mich nach allen Seiten um. Wo ist dein Vater?

Der ist schon wieder beim Schaufenster mit den Büchern stehen geblieben , erklärt Ben mit einem Seufzen. So langweilig.

Dann kommt er gleich nach?

Der Junge zuckt mit den Schultern. Keine Ahnung.

Unruhe macht sich in mir breit. Irgendwas stimmt hier nicht. Weiß dein Papa, dass du hier bist?

Ich glaube nicht. Ben tritt näher. Soll ich dir helfen?

Ein großartiges Angebot. Aber die Bäume sind dir bestimmt zu schwer. Außerdem sollten wir erst klären, wie du hergekommen bist.

Na, zu Fuß. Er sieht mich an, als wäre ich ein wenig dumm.

Schon klar. Bist du deinem Papa davongelaufen?

Nein, ich bin nur vorgegangen. Ich habe mir von gestern gemerkt, dass du hier arbeitest, und wollte dich besuchen.

Mit Kindern kenne ich mich nicht aus. Trotzdem weiß ich, dass ich ihn besser nicht anschreien sollte, weil er etwas so Leichtsinniges gewagt hat. Was alles hätte passieren können, während er allein durch die Straßen irrt! Sein Vater muss vor Sorge den Verstand verlieren. Wie kann ich Ben erklären, dass sein Alleingang nicht in Ordnung gewesen ist, ohne ihm Angst einzujagen?

Nach einem tiefen Atemzug glaube ich, mich genug im Griff zu haben, um ihn nicht zu verschrecken. Es ist nett, dass du bei mir vorbeigeschaut hast. Wenn dein Papa jedoch nicht weiß, wohin du verschwunden bist, sollten wir ihm Bescheid sagen, bevor wir weiterplaudern.

Aber er ist doch noch mit den Büchern beschäftigt.

Er möchte dennoch wissen, wo du steckt. Wenn er bemerkt, dass du nicht mehr neben ihm bist, macht er sich vielleicht Sorgen.

Ich bin doch bei dir. Der Kleine lächelt mich an. Mit Fremden darf ich nicht reden. Und ich darf eigentlich auch nicht einfach davonlaufen. Dich kenne ich aber schon. Und Papa ist ja gleich da vorn.

Wo genau? Ich schnappe den Jungen an der Hand und ziehe ihn in die Fußgängerzone, die direkt neben dem Möbelhaus beginnt. Zeig mir, wo er ist.

Irgendwo da vorn. Seine kleine Hand deutet vage nach rechts. Wir wollen eislaufen gehen und eine heiße Schokolade trinken. Begleitest du uns?

Unruhig suche ich die Umgebung nach dem dunklen Haarschopf von Niklas ab. Vielleicht trägt er eine Mütze. Welche Farbe hatte seine Jacke gestern? Was, wenn er heute eine andere gewählt hat? Verdammt auch. Danke für die Einladung, Ben. Mal sehen, was möglich ist. Erst machen wir uns auf die Suche nach deinem Papa.

Ich rufe meinem Kollegen zu, dass er ohne mich zurechtkommen muss, und marschiere mit Ben los in die Richtung, die er mir gewiesen hat. Mit großen Schritten versuche ich schnellstmöglich vorwärtszukommen. Ben hat von einer Buchhandlung oder einem Geschäft gesprochen, das Bücher verkauft. Weiter vorn ist ein Laden, den er gemeint haben könnte. Aber was soll ich machen, wenn ich Niklas dort nicht mehr finde?

Nicht so schnell , beschwert sich Ben. Du tust mir weh.

Entschuldige. Sofort verlangsame ich mein Tempo. Mir sind die neugierigen und aufmerksamen Blicke der Passanten bewusst. Ein Mann, der ein unwilliges Kind mit sich zerrt. Bestimmt dauert es nicht mehr lange und man hetzt die Polizei auf mich. War es das Geschäft da vorn? Ich zeige auf die Buchhandlung, die sich schätzungsweise zwanzig Meter vor uns befindet.

Ben nickt und bleibt stehen. Ich glaube schon.

Sicher ist er sich also nicht. Dieses Kind bringt mich in echte Schwierigkeiten. Laufen wir die letzten Schritte? , schlage ich vor und schiebe ihn mit meiner Hand in seinem Rücken in die richtige Richtung.

Ein Lächeln erscheint auf seinem Gesicht. Ein Wettrennen.

Genau. Schauen wir mal, ob du mich überholen kannst.

Endlich setzt er sich wieder in Bewegung. Ich habe kein Problem, im Gehen mit ihm Schritt zu halten. Wenigstens kommen wir jetzt wieder vorwärts. Nur noch ein paar Meter, dann kann ich überprüfen, ob Niklas dort drinnen auf der Suche nach Ben ist.

Wir haben bis zum Eingang des Ladens noch ungefähr fünf Meter zurückzulegen, als Niklas plötzlich heraustritt. Mit besorgtem Gesichtsausdruck sieht er sich nach allen Seiten um. Ob er gerade erst bemerkt hat, dass Ben verschwunden ist? Ich erkenne die blanke Panik in seinem Blick.

Dann entdeckt er uns. Pure Erleichterung steht in sein Gesicht geschrieben. Er läuft auf uns zu, beugt sich hinunter und drückt Ben an sich. Da bist du ja. Ich habe dich in der ganzen Buchhandlung gesucht. Was machst du hier draußen?

Mir war langweilig , erklärt Ben ungerührt. Von gestern habe ich mir gemerkt, dass Jakob in der Nähe arbeitet.

Darüber werden wir uns noch in Ruhe unterhalten. Du weißt genau, man darf nicht einfach davonlaufen. Wir haben bereits mehrmals darüber gesprochen, was dabei alles passieren kann. Ich sollte unseren Ausflug streichen.

Du hast versprochen, mit mir eislaufen zu gehen , beschwert sich Ben.

Niklas schickt ihm einen strengen Blick. Schön. Ist es dir lieber, wenn ich dem Christkind sage, es kann ein paar deiner Geschenke an Kinder verteilen, die sie mehr verdient haben als du?

Bens Augen werden riesig groß. Nein!

Dieser Erziehungskram ist nicht meine Baustelle. Diese Bestrafung erscheint allerdings auch mir ziemlich streng. Ich weiß, Eltern vertragen schlecht, wenn man sich in ihre Angelegenheiten einmischt, aber vielleicht kann ich die Situation etwas entschärfen.

Möglicherweise wäre es das Beste, Ben würde mir als ersten Schritt versprechen, so etwas nicht mehr zu tun , schlage ich vor. Als Niklas finster zu mir hochsieht, zucke ich zusammen. Also, ich meine, er sollte es dir versprechen.

Ich schwöre, dass ich nicht mehr davonlaufen werde , plappert Ben mir nach. Aber eigentlich bin ich gar nicht

Rasch lege ich ihm eine Hand auf die Schulter, um ihn am Weiterreden zu hindern. Ich habe kein Recht, mich einzumischen, allerdings habe ich Mitleid mit dem Jungen. Er hätte wissen müssen, dass er etwas Falsches anstellt. Trotzdem scheint es mir hart, gerade an Weihnachten mit dem Verlust von Geschenken zu drohen.

Niklas Blick fixiert sich auf meine Finger auf Bens Schulter. Ich kann seine Wut heiß darauf spüren. Rasch ziehe ich meine Hand weg.

Jakob arbeitet doch ganz in der Nähe , erinnert ihn Ben. Du warst beschäftigt. Also dachte ich, ich könnte

Niklas hält Ben an den Oberarmen fest. Egal, was ich mache, ob du dich über mich ärgerst oder ob wir uns streiten, ich muss mich darauf verlassen können, dass du bei mir bleibst, damit dich nicht irgendein Fremder verschleppen oder dir etwas antun kann.

Das weiß ich. Ich verstehe es auch. Jakob ist aber kein Fremder. Und er würde mir auch nichts antun. Ich habe ihn eingeladen, uns zu begleiten.

Bestimmt muss er arbeiten. Über Niklas Gesicht huscht ein Ausdruck, den ich am ehesten als Widerwillen bezeichnen würde.

Er hat gesagt, sie packen schon zusammen. Er hat nicht Nein gesagt.

Niklas holt tief Luft. Du kannst nicht einfach   Ich weiß nicht

Offensichtlich bin ich bei diesem Ausflug nicht erwünscht. Hauptsache, Ben ist jetzt wieder dort, wo er hingehört. Viel Spaß euch beiden beim Eislaufen. Ich nicke ihnen zu und wende mich ab.

Warte. Niklas Stimme erklingt unsicher hinter mir.

Ich drehe mich um und setze ein Lächeln auf.

Danke, dass du ihn zurückgebracht hast , sagt er, und endlich wirkt sein Gesichtsausdruck etwas freundlicher. Danke, dass du auf ihn Acht gegeben hast.

Kein Problem. Ich habe mich gefreut, euch zu sehen. Und das ist die absolute Wahrheit. Klingt, als hättet ihr noch einen lustigen Vormittag geplant.

Ben schiebt seine Hand in meine. Dann komm doch mit. Ich würde mich sooo darüber freuen.

Unsicher blicke ich auf ihn nieder. Ich würde gern zusagen und habe den Rest des Tages nichts mehr zu tun. Mein Terminkalender an diesem Weihnachtsfest sieht ziemlich leer aus. Morgen bin ich zum Abendessen bei meinen Eltern. Die übrigen Stunden dehnen sich unaufgeregt und langweilig vor mir aus. Wäre ich nicht davon überzeugt, dass Niklas von dieser Idee überhaupt nicht begeistert ist, würde ich nicht lange zögern.

Ich kann nachvollziehen, dass du Jakob dabeihaben willst , sagt Niklas an Ben gewandt.

Ob er das tatsächlich kann?

Aber an einem Tag wie heute hat jeder viel zu tun , fährt er fort.

Ehrlich gesagt trifft das auf mich nicht zu , gestehe ich. Bei eurem Vater-Sohn-Ausflug möchte ich euch allerdings nicht stören.

Niklas steht auf. In seinem Gesicht arbeiten verschiedene Muskeln, während er mich ansieht. Der Ausdruck in seinen Augen zeigt seine Unentschiedenheit. Wenn du möchtest, würden wir uns über deine Gesellschaft freuen.

Ist das wirklich so?

Bitte, Jakob. Zu dritt macht es bestimmt viel mehr Spaß , bettelt Ben.

Ich bemerke, wie sich meine Mundwinkel nach oben bewegen, als er mich anstrahlt. Dieser Junge kennt bessere Tricks, mich um den Finger zu wickeln, als die Verführer, mit denen ich sonst zu tun habe. Nur, wenn ich keine Umstände mache.

Das tust du nicht. Oder, Papa?

Der anfängliche Widerwillen und die Verunsicherung sind aus Niklas Miene gewichen. Nein, das tut er nicht. Bist du mit dem Einpacken fertig, oder benötigst du noch Zeit?

Ich frage meinen Kollegen, ob er mich noch braucht.

Wir schlendern gemeinsam zum Christbaumverkauf zurück. Ben schiebt wieder seine Hand in meine, als wäre es das Natürlichste der Welt. Das Gefühl, das dabei in meiner Brust entsteht, ist neu für mich. Da ist ein Glühen, ein zufriedenes Ziehen, das ich nicht näher benennen kann.

Mit Peter habe ich schnell geklärt, dass ich früher Dienstschluss mache. Dann marschiere ich mit Niklas und Ben weiter durch die Stadt. Der Eislaufplatz ist nicht weit entfernt. Wir borgen uns Schuhe aus, in denen ich mich unerwartet unbeholfen fühle. Ich habe nicht darüber nachgedacht, dass ich tatsächlich aufs Eis muss. Das letzte Mal bin ich vor Jahren auf Kufen herumgerutscht. Ob meine Kenntnisse eingerostet sind?

Bens Augen strahlen, als er aus dem Gebäude tritt, in dem sich die Garderobe und eine Art Imbiss befinden. Darf ich in eure Mitte? , bittet er.

Erst sollte ich überprüfen, ob ich überhaupt noch weiß, wie Eislaufen geht , brumme ich.

Das ist ganz einfach. Man setzt einen Fuß vor den anderen, als würde man laufen.

Mein letztes Mal mag Jahre her sein. Das wäre mir allerdings neu. Ich halte mich am Geländer fest, als wir drei Stufen nach unten gehen müssen, um zur Eisfläche zu gelangen. Damals hat das noch anders funktioniert.

Er sieht zu mir hoch. Bist du schon alt?

Ich muss so laut lachen, dass ich beinahe das Gleichgewicht verliere. Niklas greift nach meinem Ellbogen, um mir Halt zu geben. Vielleicht sollte ich mich ungeschickt anstellen, damit er mir nicht mehr von der Seite weicht.

Findest du achtundzwanzig Jahre alt? , stelle ich eine Gegenfrage in Bens Richtung.

Papa hat seinen Dreißiger schon lange gefeiert. Dann bist du wohl noch jung.

Mein Blick wandert zu Niklas, dessen Stirn sich gerunzelt hat. Zumindest jünger als dein Papa.

Ein Altersunterschied von vier Jahren bedeutet nicht, dass ich mich auf die Mumifizierung vorbereiten muss , erklärt er vehement. Er steht überraschend sicher auf den Schlittschuhen, als wir jetzt endlich das Eis betreten. Testweise gleitet er vorwärts, macht ein paar schnelle Schritte, bevor er umdreht und elegant auf uns zuschlittert. Alles in Ordnung bei euch zweien?

Ben klammert sich immer noch an meine Hand. Trotzdem nickt er. Zuerst gemeinsam, bitte. Und dann nehme ich so einen Pinguin zum Festhalten.

Darf ich auch kurz üben? Im Anschluss zeige ich dir gern ein paar Tricks.

Okay. Er lässt mich los und greift nach der Bande.

Niklas bleibt neben ihm stehen und lächelt ihn mit so viel Liebe an, dass sogar ich die Wärme spüren kann, die von den beiden ausgeht. Als er seine Hand ausstreckt, schnappt Ben danach. Langsam gleiten sie vorwärts.

Probeweise bewege ich meine Beine, versuche ein Gefühl für die Kufen unter meinen Füßen zu bekommen. Es dauert nur ein paar Sekunden, bis ich mich wieder sicher fühle. Ich möchte Ben beweisen, was ich draufhabe. Okay. Vielleicht geht es auch ein wenig darum, Niklas zu beeindrucken.

Die Eisfläche ist kaum größer als die Ladefläche eines Kleinbusses. Es befinden sich gerade mal zehn Leute darauf. Ich nehme Tempo auf, ziehe an Niklas und Ben vorbei, drehe mich um und fahre verkehrt herum vor ihnen her. Es gelingt mir, schneller als die beiden zu bleiben, als ich rückwärts eine Runde drehe. Kurz bevor ich wieder bei ihnen ankomme, fahre ich einen kleinen Kreis, der das Eis aufspritzen lässt.

Ben sieht mich mit riesigen Augen an. Zeig mir, wie das funktioniert! , bittet er.

Niklas nickt anerkennend. Wir werden von einem Profi begleitet. Ich glaube, eine Stunde auf dem Eis reicht nicht aus, damit du so gut wie Jakob fahren kannst.

Ich bin ein kluges Kerlchen, behauptest du immer , sagt Ben. Er streckt die freie Hand nach mir aus. Hilfst du mir?

Du bist mit Sicherheit sehr clever. Ich lächle ihn beruhigend an. Vielleicht üben wir erst mal das Vorwärtsfahren, bis du sicherer auf den Füßen stehst.

Er zieht eine Schnute. Wieder einmal bringt dieses Kind mich beinahe dazu, ihm seinen Wunsch zu erfüllen. Ich verstehe, warum er gern mehr ausprobieren würde, obwohl ich nur einen Bruchteil dessen gezeigt habe, was ich früher gekonnt habe.

Trotzdem muss ich Ben gegenüber hart bleiben. An seiner ersten Runde habe ich erkannt, dass es ihm noch an Training fehlt, obwohl er sich geschickt anstellt. Kein Wunder. Er ist ja auch noch verdammt jung. Ich bin mir sicher, dass er bald ebenfalls ein paar Tricks auf Lager haben wird. Er benötigt allerdings eine Basis, bevor er mit Showeffekten beginnen kann. Die Verletzungsgefahr ist dabei einfach zu groß.

Wenn dein Papa einverstanden ist, fahren wir gemeinsam ein paar Runden , schlage ich vor und sehe zu Niklas.

Der nickt. Aufwärmen schadet mir auch nicht.

Ich fahre neben Ben und nehme seine freie Hand. Ein paarmal reißt Ben an meinem Arm, weil er das Gleichgewicht zu verlieren droht. Ich spüre, wie unsicher er auf den Beinen ist, auch wenn er sich anstrengt, mich vom Gegenteil zu überzeugen.

Als ich mit dem Eislaufen begonnen habe, war ich um einiges älter als du , erzähle ich ihm.

Ben zuckt mit den Schultern.

Eigentlich war ich sogar doppelt so alt wie du , fahre ich fort. Ich habe in der Schule mehrere Unterrichtsstunden bekommen. Zu Beginn habe ich mich furchtbar ungeschickt angestellt. Dann hat mir jemand einen Tipp gegeben, den ich immer noch bei allem berücksichtige, was ich neu lerne.

Und was war das für ein Tipp? , fragt Ben jetzt doch neugierig.

Konzentriere dich nur auf dich. Es spielt keine Rolle, was andere können oder erreichen wollen. Du musst deinen Weg zum Erfolg ganz allein gehen.

Das klingt nicht spannend.

Ich unterdrücke ein Lachen. Es gibt keine Abkürzungen. Wenn man sich etwas vornimmt, muss man sich dafür anstrengen. Man muss Schritt für Schritt vorwärts machen, sich auf die Teilabschnitte konzentrieren. Dann gelangt man schneller ans Ziel.

Er seufzt nur und stolpert beinahe über seine Füße.

Du machst das schon großartig , lobt Niklas.

Bens Reaktion besteht aus einem Schnauben. Seine Empörung reicht aus, damit er aus dem Gleichgewicht kommt. Sein Oberkörper beugt sich viel zu weit nach vorn. Er macht ein paar schnelle Schritte, um nicht zu fallen. Würden Niklas und ich ihn nicht an den Händen halten, wäre er trotzdem auf dem Eis gelandet.

Geh ein wenig mehr in die Knie , schlage ich vor. Dein Oberkörper kann ruhig etwas abgeknickt sein. Du darfst damit nur nicht zu weit nach vorn, sonst kippst du um.

Er nickt, einen konzentrierten Ausdruck auf dem Gesicht.

Magst du es mal versuchen, ohne dass wir dich festhalten? , frage ich. Dann kannst du mit deinen ausgestreckten Armen leichter ausbalancieren.

Ich glaube nicht, dass das eine gute Idee ist. Niklas klingt besorgt.

Wenn er sich zu sehr auf dich verlässt, lernt er es nicht so schnell.

Niklas Gesichtsausdruck bleibt skeptisch. Vielleicht sollten wir das auf ein anderes Mal verschieben.

Ben schüttelt den Kopf. Ihr seid ja sowieso direkt neben mir. Da kann mir nichts passieren. Bitte, ich will es probieren.

Na schön. Sag, wenn du bereit bist.

Jetzt. Der Junge grinst.

Niklas und ich fahren ein Stück von ihm weg. Dann rutscht Ben langsam vorwärts. Zu Beginn ist er ziemlich unsicher und wackelt ordentlich hin und her. Dann jedoch findet er einen ruhigen Rhythmus, der ihn gemächlich vorwärtsbringt. Je geschickter er sich anstellt, desto selbstsicherer wird er, vielleicht sogar ein wenig zu mutig.

Und jetzt lernst du mir dieses schnelle Im-Kreis-Fahren? , fragt er, was mich laut auflachen lässt.

Was machst du eigentlich beruflich? , fragt Niklas, nachdem wir in die U-Bahn eingestiegen sind. Also außer Christbäume zu verkaufen und Kinder Eislauftricks zu lehren.

Ben und er setzen sich auf die Bank mir gegenüber. Obwohl sie nicht blutsverwandt sind, geben sie ein tolles Team ab. Sie verbindet etwas, das über Genetik hinausgeht. Ich empfinde ein klein wenig Neid.

Nach Silvester breche ich nach Gosau auf, um dort als Skilehrer kleinen Kindern das Snowboarden und Skifahren beizubringen. Im Sommer bin ich dann als Schwimmlehrer im Burgenland.

Du kommst ganz schön rum.

Ich nicke. Im Frühjahr und Herbst suche ich mir Gelegenheitsjob. Es gefällt mir, viele unterschiedliche Erfahrungen zu sammeln.

Das kann ich mir vorstellen. In Niklas Augen lese ich so etwas wie Sehnsucht.

Ein abenteuerliches Leben.

Nicht halb so aufregend, wie ich mir wünschen würde. Es gibt nichts Schlimmeres als Langeweile.

Jetzt weißt du, warum ich ständig etwas unternehmen will, Papa. Ben sieht zu seinem Vater, der mit einem Hochziehen der Augenbraue antwortet.

Es bedeutet nicht, dass wir jeden Tag ein anderes Abenteuer erleben müssen.

Ben zuckt mit den Schultern. Aber warum darf ich es nicht zumindest versuchen?

Ich mag den Jungen. Er ist verdammt clever. Wenn es ihm gelingt, sich diese Neugierde zu erhalten, wartet ein großartiges Leben auf ihn.

Wo arbeitest du? , frage ich Niklas.

Ich bin freiberuflicher Grafiker. Mein Hauptkunde ist ein Verlag, für den ich Buchcover designe.

Deshalb interessierst du dich so sehr für Bücher.

Er lacht. Nicht nur deswegen. Aber es ist der Grund, warum ich immer auf dem neuesten Stand sein möchte.

Wir müssen aussteigen , verkündet der kleine Fratz und springt auf. Kommt schon.

Ganz automatisch folge ich ihm. Er gibt einen großartigen Anführer ab. Wo gehen wir eigentlich hin?

Die beiden haben mir nach dem Eislaufen grinsend mitgeteilt, dass wir ein Stück fahren müssten, um die beste heiße Schokolade der Stadt zu bekommen. Inzwischen ist das allerdings eine ziemlich lange Reise geworden.

Du musst nur noch ein wenig geduldig sein , fordert Ben. Es ist nicht mehr weit.

Beim Eislaufplatz hätte es doch auch Kakao gegeben , erinnere ich den Jungen.

Kakao! Er legt so viel Abscheu in das eine Wort, dass es reicht, um mir ein schlechtes Gewissen zu machen, überhaupt etwas gesagt zu haben.

Wenn du unsere heiße Schokolade gekostet hast, willst du nichts anderes mehr , behauptet Niklas.

Ich glaube ihm kein Wort, kann mir nicht vorstellen, dass es wirklich einen Unterschied macht. Wir laufen die Straße hinunter. Mein Blick wandert immer wieder zu Niklas. Ich genieße es, Zeit mit ihm zu verbringen. Noch viel lieber würde ich kurz mit ihm allein sein, um herauszufinden, ob die Anziehungskraft, die ich zwischen uns fühle, bloß eine Illusion ist oder nicht.

Diese Gedanken sind bestimmt an meiner Abgelenktheit schuld. Es dauert peinlich lange, bis ich bemerke, dass wir vor dem Gebäude stehen, in dem sich ihre Wohnung befindet.

Ihr habt wirklich *eure* heiße Schokolade gemeint , stelle ich fest.

Ben grinst zufrieden. Überraschung. Papa macht sie mit echter Schokolade. Das ist hunderttrillionentausendmal besser als normaler Kakao.

Grinsend zwinkere ich Niklas zu. Und hat ungefähr genauso viele Kalorien mehr.

Zum Glück muss niemand von uns auf seine Linie achten , sagt Mr Attractive. Er erwidert meinen Blick. Er wirkt amüsiert und gleichzeitig leuchtet ein Feuer in seinen Augen, das spannende Versprechen für mich bereithält. Oder willst du es dir entgehen lassen? Du würdest es bereuen.

Nichts kann mich davon abhalten, einer süßen Versuchung zu erliegen , gebe ich zu. Die Funken sprühen greifbar zwischen uns, während wir uns mit Blicken verschlingen. Da ist etwas Reales zwischen uns. Das bilde ich mir nicht nur ein.

Dass Niklas Schokolade pure Verlockung ist, kann ich wenig später feststellen. Während ich mit ihm und seinem

Sohn das warme Getränk schlürfe, darf ich den fertig geschmückten Christbaum bewundern. Der erinnert mich daran, was heute für ein Tag ist und dass Niklas etwas Besseres zu tun hat, als mit mir auf der Couch herumzusitzen und mich anzuschmachten. Ben bespaßen und ihn von der langen Wartezeit auf die Bescherung ablenken zum Beispiel.

Sobald ich meine Tasse geleert habe, stehe ich auf. Danke für die Einladung und für den großartigen Vormittag. Aber ich sollte langsam los.

Niklas erhebt sich ebenfalls. Ich meine, Enttäuschung in seinem Blick zu lesen. Dabei handelt es sich allerdings mit ziemlicher Sicherheit um eine Fehlinterpretation meinerseits. Gestern noch hat er versucht, mich schnellstmöglich loszuwerden. Auch wenn wir ganz offensichtlich beide die letzten Stunden genossen haben, kann er mich bei der Bescherung nicht dabeihaben wollen.

Verstehe , sagt Niklas. An Weihnachten ruft die Familie.

Meine nicht. Die ist froh, wenn ich mich zu hohen Festtagen nicht melde. Das steht jedoch auf einem anderen Blatt. Wir wollen das Christkind ja nicht verschrecken. Ihr werdet vermutlich auch das Wohnzimmer abschließen, damit es in Ruhe die Geschenke vorbeibringen kann.

Das dauert noch ein wenig. Erst gibt es einen Fernsehmarathon.

Trotzdem werde ich nicht bleiben. Das ist etwas, was den beiden allein gehört.

Kannst du den Fernseher gleich anmachen? , bittet Ben. Wenn Jakob geht, wird es wieder langweilig.

Niklas verdreht die Augen, schaltet aber dennoch die Glotze an. Dann lächelt er mich an. Ich bring dich noch zur Tür.

Nachdem ich mich von Ben verabschiedet habe, folge ich Niklas den Gang runter. Ich bewundere seinen breiten Rücken, der sein Langarmshirt ausfüllt, und den knackigen Po, der in der Jeans so gut zur Geltung kommt.

Als sich Niklas zu mir umdreht, mache ich einen Schritt auf ihn zu, bis wir uns beinahe berühren. Seine Augen weiten sich. Er scheint überrumpelt. Ich werde ihn nicht bedrängen, nichts von ihm fordern, was er nicht will. Doch wenn er nicht vor mir zurückweicht, werde ich mir den Kuss holen, von dem unablässig Fantasiebilder in meinem Kopf herumspuken.

Niklas schluckt, sein Blick wandert zu meinen Lippen. Verdammt, er denkt an das Gleiche wie ich. Er will es genauso sehr wie ich. Es gibt keinen Grund, warum wir nicht ein wenig Spaß haben sollten.

Mit einer Hand packe ich sein Shirt und ziehe ihn näher an mich heran. Die zweite landet auf seinem Po. Meine Lippen berühren seine, und im nächsten Augenblick höre ich auf zu grübeln und fühle nur noch.

Die Zartheit seiner Lippen, sein leichtes Nachgeben, mit dem er den Kuss vertieft.

Sein Geschmack explodiert in meinem Kopf. So verdammt süß, und das nicht nur wegen der Schokolade, die wir gerade getrunken haben. Das leise Stöhnen, das seinen Mund verlässt, als ich mit meiner Zungenspitze in den Spalt zwischen seinen Lippen gleite, feuert mich weiter an. Ich koste mehr von dieser Süße, presse mich an Niklas.

Seine Hände wandern ebenfalls. Erst spüre ich eine vorsichtige Berührung an meinen Oberarmen. Dann streicht Niklas weiter nach unten, bis seine Hände auf meiner Taille liegen. Ich möchte, dass er zupackt, sich an mich drückt und mir zeigt, dass ihn dieser Kuss genauso heiß macht wie mich. Aber das wäre wohl etwas viel verlangt. Wir sollten das hier ruhig angehen. Stattdessen knete ich seinen Hintern und reibe meine Mitte

Darf ich mir die Sendung vom letzten Mal fertig ansehen, Papa? Bens Stimme durchdringt den Nebel aus Sehnsucht, der meinen Verstand watteweich macht.

Abrupt löst Niklas sich von mir. Klar , antwortet er seinem Sohn. Ich bin gleich bei dir.

Wir starren uns an. Es gäbe so viel zu sagen, für das ich keine Worte finde. Erst sollten wir uns auf das Offensichtliche konzentrieren. Ich will dich wiedersehen , sage ich.

Niklas nickt.

Für ein Date. Nur, falls nicht klar sein sollte, was ich mir von dem Treffen wünsche.

Natürlich. Ich   ich werde mir etwas überlegen. Seine Stimme klingt rau.

Einverstanden. Gib mir deine Nummer bitte.

Er greift nach einem Stift und einem aufgerissenen Kuvert, welche auf der Kommode neben der Tür liegen. Seine Finger zittern, als er eine Zahlenkombination darauf kritzelt. Dann hält er mir das Stück Papier entgegen. Wie aufgewühlt er dabei wirkt!

Ich schlüpfe in meine Jacke, lehne mich anschließend rasch zu ihm und stehle mir noch einen kurzen Kuss. Daran werde ich mich erinnern, bis wir uns wiedersehen.

Seine Wangen röten sich. Ich   ich mich auch.

Papa? , erklingt Bens fragender Ruf von nebenan zu uns.

Zu schade, dass Niklas und mir keine Gelegenheit bleibt, noch ein wenig rumzumachen. Aber lange werde ich auf mein Date nicht warten. Kann ich auch gar

nicht. Schließlich bin ich nicht mehr lange
in der Stadt.

4. Kapitel

Niklas

Mein Herz beginnt zu rasen, als Jakob die Hand ausstreckt und sie auf meine legt. Sein Daumen streicht über mein Handgelenk. Eine einfache Berührung, doch sie erschüttert mich bis ins Innere. Hastig schlucke ich den Bissen meines Burgers herunter und nippe an meinem Glas Wasser. Seit wir in dem Lokal Platz genommen haben, will ich irgendwohin flüchten, wo wir allein sind. Dieser Kuss auf die Wange, mit dem er mich begrüßt hat, sendet immer noch ein nervöses Flattern durch meinen Magen. Wie habe ich diese Phase des Kennenlernens früher bloß überstanden?

Danke, dass du dir so schnell Zeit genommen hast , sagt Jakob und schiebt seinen leergeputzten Teller zur Seite. Das Braun in seinen Augen wirkt durch das Strahlen des blauen Anteils wie Bernstein. Ein faszinierendes Schauspiel, das ich gern aus noch kürzerer Entfernung beobachten würde.

Trotzdem starre ich schon wieder auf seine Lippen. Ich hatte es peinlich eilig, ihn wiederzusehen, nachdem er mich gestern mit diesem Kuss überrascht hat. Niemals werde ich wieder heiße Schokolade trinken können, ohne mich daran zu erinnern, wie er sich an mich gepresst hat. Wieso sollte ich unnötig lange warten wollen, bis wir das wiederholen können?

Gerne , bringe ich schwerfällig hervor. Du hast gesagt, du wärst nicht mehr lange in der Stadt. Ich wollte keine Zeit vergeuden.

Konzentriere dich, Niklas! Wie gierig die Antwort klingt! Als wäre ich völlig ausgehungert. Auch wenn das der Wahrheit entspricht, brauche ich ihm das ja nicht gleich auf die Nase zu binden. Er ist jünger, selbstbewusster, experimentierfreudiger. Bestimmt ist er nicht auf mich angewiesen, um auf seine Kosten zu kommen. Fehlt noch, dass ich ihn anbettle, mich noch einmal zu küssen. Gott, ja. Er soll mich küssen. Gleich hier vor allen Leuten. Hitze kriecht über meine Wange.

Wie schön, dass du genauso ungeduldig bist wie ich, noch einmal von der heißen Schokolade zu kosten. Seine Augen blitzen amüsiert.

Ich soll dir heiße Schokolade machen? , frage ich irritiert.

Er lacht leise. Der heisere Ton verursacht Chaos in meinem Magen. Nur, wenn ich sie von deinen Lippen trinken kann.

Ein Hitzeblitz explodiert in meinen Eingeweiden. Mein Schwanz, ohnehin schon längst in Alarmbereitschaft, zuckt sehnsüchtig. Ich nehme all meinen Mut zusammen. Vielleicht fällt dir noch eine andere Stelle ein, von der du sie lecken möchtest.

Seine Augen weiten sich. Das Lächeln verschwindet aus seinem Gesicht. Bist du fertig mit deinem Burger?

Ich blicke auf meinen Teller. Obwohl meine Lieblingsspeise wieder mal ausgezeichnet zubereitet worden ist, habe ich nichts davon geschmeckt. Mit trockenem Mund nicke ich.

Jakob hebt die Hand, um den Kellner herbeizurufen. Bevor ich einschreiten kann, hat er unser Essen bezahlt. Dann nimmt er meine Hand und zieht mich auf die Straße. Du hast nicht zufällig sturmfreie Bude zu Hause?

Nein, die Babysitterin ist bei uns.

Dann würde ich vorschlagen, wir fahren in die WG, in der ich wohne. Wenn wir Glück haben, sind die anderen unterwegs. Wenn nicht, bleibt uns noch mein kleines Zimmer. Er zwinkert mir zu. Ich glaube, wir benötigen nicht viel Platz.

Wieder fühle ich, wie heiße Röte in meine Wangen steigt. Ich mag seine Direktheit, seine Ungezwungenheit, seine Offenheit.

Vielleicht, weil sie sich dermaßen von meinem Charakter unterscheidet. Vielleicht gibt es einen Teil in mir, der zu Ähnlichem fähig wäre, doch sobald das Leben sich hauptsächlich um ein Kind dreht, wird alles anders. Bin ich bereit, noch einmal einen kurzen Abstecher in ein Paralleluniversum zu machen, in dem es nur um Leidenschaft geht?

Bevor ich dazu komme, mir diese Frage selbst zu beantworten, winkt Jakob ein Taxi heran. Sobald wir uns auf die Rückbank geschoben haben und das Ziel unserer Reise geklärt wurde, beugt er sich zu mir. Seine Lippen berühren meinen Mundwinkel. Seine Hand hinter meinem Ohr biegt meinen Kopf in die richtige Position. Und dann küssen wir uns.

Seine Zunge erobert meine Mundhöhle mit drängendem Verlangen. Hungrig komme ich ihm entgegen. In dem Moment, in dem wir diesen Tanz vertiefen, wird mein Puls in ungeahnte Höhen getrieben. Jakobs zweite Hand umfasst mein Gesicht, während er den Druck seines Mundes auf meinen verändert. Seine Zunge heizt meine Begierde weiter an, bevor er an meiner Unterlippe knabbert. Ich fühle mich gehalten, begehrt und wunderbar leicht. Dieser Kuss lässt mich die Zeit vergessen.

Der Taxifahrer muss sich irgendwann räuspern, damit wir überhaupt bemerken, dass wir angehalten haben. Diesmal übernehme ich die Rechnung und stolpere mit Jakob auf die Straße. Wieder greift er nach meiner Hand. Das ist so perfekt, dass meine Männlichkeit noch sehnsüchtiger pulsiert.

Keine Ahnung, in welchem Viertel der Stadt wir uns befinden. Ich verschwende keinen Blick auf der Suche nach einem Orientierungspunkt, einem Straßenschild. Alles, was mich interessiert, ist der Mann neben mir.

Wir betreten ein Stiegenhaus, in dem sich auch ein Lift befindet. Das Graffiti an den Wänden fällt mir nur beiläufig auf. Ich ignoriere den Müll, der sich neben den Tonnen stapelt, und den Geruch nach Kohl, der mich eine Sekunde lang an meine Großmutter erinnert. Dann schiebt Jakob mich in die Kabine des Lifts, drückt mich an die Wand und küsst mich. Alles andere wird uninteressant.

Keine Ahnung, in welchem Stockwerk die Lifttüren aufgleiten, welche Tür Jakob in meinem Rücken öffnet. Den Kuss unterbreche ich keinen Moment, sondern kralle meine Finger in seine Jacke, um die Verbindung nicht zu verlieren. Mit geschlossenen Augen schwelge ich in der Weichheit seiner Lippen, dem Geschmack nach Freiheit darauf.

Rückwärts drängt Jakob mich weiter in eine stille Wohnung. Hinter uns fällt die Tür wieder ins Schloss. Ich überprüfe nicht, ob wir tatsächlich allein sind, lasse nur zu, dass Jakob mich irgendwohin bringt, wo wir ungestört sein werden. Wenn einer der Mitbewohner uns bemerkt haben sollte, ist er so nett, uns nicht anzusprechen. Jakob macht das Licht an. Das bemerke ich sogar trotz meiner immer noch geschlossenen Augen. Erneut höre ich das Schließen einer Tür. Wir sind in Jakobs Zimmer.

Sein Kuss verändert sich. Er hält still, lässt mich seine Mundhöhle erkunden, meinen Körper an ihm reiben, macht aber keine Anstalten, meine Zärtlichkeiten zu erwidern.

Ungern löse ich mich von ihm und blicke ihm ins Gesicht. Mit einem Lächeln beobachtet er mich. Seine Augen leuchten.

Genug ausgetobt? , fragt er.

Ich schüttle den Kopf.

Bei seinem leisen Lachen verstärkt sich das Funkeln in seinem Blick. Schön. Lass uns trotzdem langsam machen. Bestimmt erwartet dich die Babysitterin nicht sofort wieder zurück.

Bis Mitternacht habe ich Ausgang , sage ich. Mir war es ernst damit, die Zeit nicht vergeuden zu wollen.

Das werden wir nicht. Sein Blick huscht zur Seite. Wir haben mehr als drei Stunden, bevor du dich auf den Weg machen musst. Da können wir jede Menge miteinander anstellen. Er grinst frech.

Ich sauge meine Unterlippe ein, bade in den Bildern, die sofort in meinem Kopf auftauchen. Mit ungeduldigen Bewegungen öffne ich meine Jacke und werfe sie auf den Boden.

Jakob folgt meinem Beispiel. Irgendetwas, was du nicht magst? , fragt er.

Vor Liam hatte ich zwar ein paar Beziehungen, aber darüber habe ich mir niemals Gedanken gemacht. Das hat sich einfach ergeben. Und nachdem Liam und ich eine Ewigkeit zusammen gewesen sind, haben wir uns ohnehin in- und auswendig gekannt. Gleichgültig zucke ich mit den Schultern. Wir können uns ja vorsichtig an meine Grenzen herantasten.

Tasten klingt gut. Er zieht sich seinen Pullover über den Kopf. Worauf stehst du besonders?

Auf dich. Ein plumpes Kompliment. Beim nächsten werde ich mich mehr anstrengen. Das gelobe ich mir selbst. Hastig werde ich meinen Pullover los und lasse mein Shirt folgen. Anschließend greife ich nach dem Saum seines Oberteils und helfe ihm, es nach oben zu schieben.

Wie muskulös er ist! Seine Oberarme sind kräftig, das Sixpack perfekt ausgearbeitet. Trotzdem wirkt er nicht übertrieben aufgepumpt. Ein ästhetischer Anblick. Ich habe keine Zweifel daran, dass er hart daran arbeitet, sich diese sportliche Figur zu erhalten. Bestimmt verbringt er jede Minute seiner Freizeit damit, Sport zu treiben. Ich bin neidisch, dass ihm das möglich ist. Mit meinen Fingerspitzen streiche ich von seinem Schlüsselbein seine Brust abwärts, genieße die festen Muskeln, die warme, straffe Haut. Diese Perfektion möchte ich kosten. Nachdem ich mir über die Lippen geleckt habe, beuge ich mich vor und drücke meinen Mund auf eine Stelle, unter der ich seinen Herzschlag spüren kann. Bei meiner Berührung beschleunigt sich sein Puls weiter.

Sehnsüchtig küsse ich mich tiefer, gehe auf die Knie, um seinen Bauch küssen zu können. Noch niemals bin ich jemandem wie ihm nahe gewesen. So selbstbewusst, viel zu attraktiv, unglaublich anziehend. Keine Ahnung, wie es mir gelungen ist, bei jemandem wie ihm zu landen. Aber ich werde diesen Moment genießen.

Ich lecke über die Haut an seinem Bauch, sauge sanft daran, bis ich ihn zum Stöhnen bringe. Seine Hände fahren durch mein Haar, halten mich an Ort und Stelle. Langsam arbeite ich mich bis zum Bund seiner Hose vor und bin beinahe enttäuscht, als ich von ihm ablassen muss, um den Knopf öffnen und den Reißverschluss nach unten ziehen zu können.

Ungeduldig zerre ich an seiner Hose, damit sie endlich über seine Oberschenkel tiefer rutscht. In der engen Boxershorts befindet sich direkt vor mir eine verführerische Beule. Mit sanften Bewegungen massiere ich sie, verliere allerdings viel zu rasch die Geduld. Ich liebe es, meinen Bettpartnern Vergnügen zu bereiten. Das heizt mir genauso sehr ein, als würde ich selbst verwöhnt. Mein Verlangen lodert hoch, macht meine Hose viel zu eng, um den Zustand der Erregung lange auszuhalten. Doch erst möchte ich Jakob schmecken.

Um Erlaubnis heischend sehe ich in sein Gesicht hoch, bewundere das Feuer in seinen Augen, fühle mich von dem Begehren geschmeichelt, das seine Züge verzerrt. Als er den Mund leicht öffnet, schiebe ich seine Shorts nach unten. Ich küsse das feste Fleisch, das sich mir entgegenreckt. Mit der Zungenspitze fahre ich einen Kreis um die samtige Spitze, lasse sie ein Stück zwischen meine Lippen gleiten. Ich muss die Augen schließen, als die Leidenschaft schmerzhaft intensiv in mir hochkocht. Die Muskeln in meinem Körper spannen sich an, machen sich bereit auf eine Eroberung, die ich noch hinauszögern werde.

Jakobs Finger krallen sich in mein Haar. Er schiebt sein Becken nach vorn, stößt in meine Mundhöhle, aber so vorsichtig, dass es nicht unangenehm ist.

Diese Aufforderung nehme ich mir zu Herzen. Mit Hingabe sauge ich an seinem Schwanz, streiche mit meinen Händen die Innenseite seiner Schenkel hoch. Während ich meinen Kopf vor und zurück bewege, umfasse ich ihn mit meinen Fingern, massiere ihn. Er schmeckt so verboten gut, dass ich härter an ihm sauge, mehr von ihm kosten möchte.

Ein Wimmern kommt über seine Lippen. Er hält meinen Kopf fest und entzieht sich mir. Ein kleiner Wechsel ist angesagt. Bei dieser Sache sollen wir beide auf unsere Kosten kommen. Wer weiß, wann sich wieder die Möglichkeit ergibt?

Das hätte er nicht sagen sollen. Es zerstört ein wenig die Stimmung. Mein dämlicher Kopf will sich einschalten, doch ich beschließe, Jakobs Worte vielmehr als ein Versprechen zu nehmen, dass die Tatsache, dass das hier etwas Einmaliges ist, dem Abend eine besondere Würze verleiht. Es gibt keinen Grund, sich zurückzuhalten. Heute Nacht werde ich möglichst intensiv genießen, mich fallen lassen und mir keine Gedanken machen. Es zählt, was wir beide wollen, nur Leidenschaft, keine Verantwortung, kein Grübeln, ob man zu viel von sich verrät. Wir bauen keine Beziehung zueinander auf. Das hier ist nur Sex.

Bald verschwindest du wieder in dein abenteuerliches Leben , sage ich. Aber bis dahin können wir zusammen Spaß haben. Kein Stress, kein Druck, keine Verpflichtungen. Nur zwei Männer, die sich anziehend finden.

Ich finde dich sogar furchtbar heiß.
Dein Gesicht, als du mich gesaugt hast
Seine Stimme versickert. Er beugt sich zu
mir und küsst mich. Irgendwie gelingt es
ihm, mich hochzuziehen. Wir landen auf
einem Bett.

Unter mir fühle ich kühlen Stoff, habe
schon wieder die Augen genießerisch geschlossen. Jakob liegt schwer auf mir. Ich
lasse eine Hand über seinen Rücken gleiten, fahre mit der anderen über seinen
Arm. Seine nackte Haut auf meiner Brust
zu fühlen, seine Härte, die sich an mich
presst, macht mich ganz kribbelig. Ich drücke den Rücken durch, reibe mein Becken
an ihm, um ihn noch näher zu sein.

Wir müssen den Kuss unterbrechen, um
uns entkleiden zu können. Ich übernehme
die Aufgabe bei meinen Schuhen, der
Hose, meiner Shorts, den Socken. Jakob
wird kurz vor mir fertig und küsst mich,
während ich noch an meinem letzten Socken ziehe. Endlich fliegt das Ding in ho-
hem Bogen davon, und ich kann mich auf
den sexy Mann in meinen Armen konzentrieren. Mit einer schnellen Bewegung rolle
ich mich auf ihn. Wir streicheln uns, erfor-
schen uns vorsichtig mit unseren Händen,
was in mir ein Gefühl von Verbundenheit
entstehen lässt. Ich bin geborgen und sicher in Jakobs Umarmung. Er ermöglicht
es mir, ganz ich selbst zu sein. Er hat mir
gesagt, wir hätten die ganze Zeit bis Mitter-

nacht zur Verfügung. Warum also noch warten, wenn wir uns eine zweite Runde gönnen können?

Hast du ein Kondom? , frage ich schwer atmend.

In der Schublade.

Ich muss mich strecken, um sie öffnen zu können. Darin entdecke ich eine angebrochene Packung, aus der ich eine Plastikhülle fische. Mit einem unsicheren Lächeln setze ich mich auf seinen Schoß. Sein harter Schwanz reibt an meinem. Du oder ich?

Du. Jakob greift nach dem Gummi und holt ihn aus der Verpackung. Dann drückt er mich zur Seite, sodass er über mir auf ragt. Zum Glück ist sein Bett breit genug für solche akrobatischen Leistungen. Bereit für einen kleinen Trick?

Mein Mund ist völlig trocken. Ihn nur anzusehen, weckt meinen Hunger. Ich nicke.

Er hebt das Kondom an seine Lippen und saugt leicht, damit es an Ort und Stelle bleibt. Anschließend setzt er sich zur Seite und beugt sich über mich. Mit langsamen Bewegungen seines Mundes streift er mir den Gummi über. Für die letzten Zentimeter benötigt er die Hilfe seiner Hand, doch das macht er wieder gut, indem er ganz fantastische Dinge mit seiner Zunge anstellt.

In der Lade habe ich eine Gleitmitteltube gesehen. Als Jakob jetzt von mir ablässt, schnappe ich sie mir. Ich gebe etwas von dem kühlen Gel auf meine Finger. Er rollt sich auf den Rücken und ergibt sich mir. Während ich das Gleitmittel auf ihm verteile, ihn vorbereite, küsse ich seinen Bauch, arbeite mich langsam abwärts. Endlich lasse ich seine Härte in meinem Mund verschwinden. Gott, er schmeckt so gut, reagiert so perfekt auf meine Berührungen, dass ich den eigentlichen Plan vergesse und stattdessen genießerisch an ihm sauge. Meine Finger stoßen ihn im gleichen Rhythmus, in dem ich meinen Kopf auf und ab bewege.

Es dauert nicht lange, bis ich spüre, wie sein Körper sich anspannt. Seine Atmung beschleunigt sich. Dann hält er die Luft an, gibt einen unverständlichen Laut von sich, erstarrt. In der nächsten Sekunde kommt er in meinem Mund, stöhnt leise auf. Ich sauge weiter, auch wenn ich vorsichtiger werde, ihm das Hochgefühl nicht zu schnell rauben möchte. Wenn er sich in diesem schwerelosen Zustand außerhalb der Realität befindet, soll er langsam zurück auf die Erde schweben.

Schneller als erwartet, öffnet er die Augen. Unsere Blicke treffen sich. Das Leuchten in seinem wärmt mich bis ins Innerste.

Verdammt, bist du gut.

Ich lache heiser auf. Bevor ich auf das Kompliment reagieren kann, krallt Jakob seine Hand in mein Haar und zieht meinen Kopf zu sich, um mich zu küssen. Mein Schwanz pulsiert immer noch voller Verlangen, aber ich bin bereit, auf Jakob zu warten.

Er schiebt mich auf sich, stellt die Beine zu beiden Seiten meines Beckens auf und hebt sich mir entgegen, während er seine Finger fordernd in meinen Hintern presst.

Jetzt , keucht er an meinen Lippen.

Sofort greife ich zwischen unsere Körper, positioniere mich und drücke sanft gegen den Widerstand an. Ich gleite ein Stück in ihn, halte schwer atmend inne. Jakobs Gesicht zeigt mir sein Vergnügen. Er kommt mir entgegen, schlingt seine Beine um meine, sodass ich noch weiter vorstoße.

Es fühlt sich so unheimlich gut an. Es ist viel zu lange her. Ich verliere die Kontrolle. Mein Körper entscheidet für mich. Bewegt sich ruhelos, bis ich Jakob mit schnellen Stößen erschüttere. Mit seinem Stöhnen feuert er mich an, lässt mich alle Beherrschung verlieren. Ich drücke meinen Oberkörper hoch, ramme mich schneller in ihn.

Zu meinem Glück scheint Jakob meine Hemmungslosigkeit zu gefallen. Er stimmt in meine Bewegungen ein, treibt mich weiter an. Augenblicke später bemerke ich, wie alle meine Sinne sich auf das Ziel konzentrieren.

Meine Muskeln spannen sich ganz von allein an. Ich stoße noch einmal zu. Und noch einmal. Dann werfe ich den Kopf zurück, schreie auf und ergebe mich dem Höhepunkt.

Es muss ganz schön hart sein , murmelt Jakob. Er liegt neben mir auf der Seite, sieht mir ins Gesicht, während er seine Fingerspitzen über meine Haut wandern lässt.

Gerade noch ist etwas ziemlich hart gewesen, kurz bevor Jakobs Lippen mir den zweiten Orgasmus des Abends beschert haben. Wir haben die kurze Zeit, die uns heute geschenkt ist, wirklich gut genutzt. Doch darauf spielt er nicht an.

Liams Tod hat immer noch Auswirkungen auf Ben und mich. Wir vermissen ihn in unserem Leben. Tag für Tag, Minute für Minute. Wir tragen ihn in unserem Herzen. Das wird sich niemals ändern. Traurigkeit und die Sehnsucht nach meinem Ehemann kriechen aus der Ecke meines Herzens, in die ich sie verbannt habe.

Wie kommst du allein mit Ben zurecht? , bohrt Jakob weiter. Hast du viel Hilfe, damit du deinen Alltag schaffst?

Ein seltsames Thema für eine Unterhaltung mit jemandem, mit dem ich nur eine Affäre habe. Doch Jakob hat Ben kennengelernt. Die beiden haben einen guten Draht zueinander. Vielleicht erklärt das Jakobs Interesse.

Mit meinem Daumen streiche ich über seine Unterlippe, lasse den Finger dann in seinem Mundwinkel liegen. Ich betrachte den perfekten Schwung, an dem ich gerade noch geknabbert habe und an dem deshalb noch ein Abdruck meiner Zähne zu sehen ist. Ob wir Zeit für weitere Spielchen haben?

Liams Eltern wohnen in Amerika und interessieren sich nicht für Ben und mich. Sie haben ihren Sohn verstoßen, als er sich in frühen Jahren als schwul geoutet hat. Meine Eltern passen hin und wieder auf Ben auf. Eine Nachbarin hilft als Babysitterin aus. Aber durch meine Selbstständigkeit kann ich mich auf meine Arbeit konzentrieren, wenn Ben im Kindergarten ist. Ich kann nicht so viele Aufträge annehmen, wie ich gern würde, doch auch so kommen wir zurecht.

Ganz schön viel Verantwortung für einen allein.

Leise lache ich auf. Liam und ich haben uns lange darüber unterhalten, ob wir tatsächlich eine Familie gründen wollen. Nicht nur wegen der Vorurteile, mit denen wir überall konfrontiert werden würden. Oder wegen der Tatsache, dass wir dann nicht mehr feiern gehen könnten oder so viel Freizeit haben würden. Uns war klar, dass wir uns ganz auf dieses Kind fokussieren wollen. Es glücklich zu machen und ihm alles zu ermöglichen, von dem es träumt, das sollte unsere Aufgabe sein. Daran hat sich durch Liams Tod nichts geändert. Ben spielt immer die erste Rolle in meinem Leben. Alles andere kommt danach. Meine wichtigste Aufgabe ist es, ihm eine unbeschwerte, sorgenfreie Kindheit zu bieten. Auch wenn ich daran eigentlich bereits gescheitert bin.

In Jakobs Augen ist eine Ernsthaftigkeit, der ich mich nicht entziehen kann. Ich habe euch beide gesehen , sagt er. Ihr seid ein großartiges Team. Du bist Ben offensichtlich ein toller Vater. Du hast aus ihm einen selbstbewussten, klugen Kerl gemacht, der leicht eine Verbindung zu anderen Menschen herstellen kann. Das schaffen manchmal nicht einmal Eltern, von denen beide Teile für die Erziehung bereitstehen.

Dieses Kompliment berührt mich mehr, als es sollte. Ich fahre meinen Schutzwall hoch. Manchmal wäre ein unkompliziertes, spontanes Leben wie deines trotzdem ganz spannend , lenke ich ab. Seit wann reist du denn schon deinen Jobs nach?

Seit ich die Schule abgebrochen habe. Sport war mir immer wichtiger als Lernen.

So siehst du aus.

Er kneift die Augen zusammen, rollt sich auf mich. Seine Hände packen mich am

Handgelenk, ziehen meine Arme über meinen Kopf und halten mich problemlos fest.

Beschwerden?

Nicht deshalb. Im Moment weiß ich deinen durchtrainierten Körper durchaus zu schätzen. Es gelingt mir nicht, meine Hände zu befreien, um ihn zu mir herunterziehen und ihn küssen zu können. Ich hebe meinen Kopf, aber seine Lippen befinden sich außerhalb meiner Reichweite.

Beim Schleppen deines Christbaums war er auch von Vorteil , erinnert Jakob mich.

Der war nur so schwer, weil du mich zu einem riesigen Exemplar überredet hast.

Touché. Ich wollte dich mit meiner Kraft beeindrucken. Wenn du mir die Gelegenheit gibst, beweise ich dir, was man mit einem Body wie meinem noch anstellen kann.

Tu das. Aber erst küss mich, bevor es zu spät wird und ich   Ich drehe den Kopf zu dem Radiowecker, der neben dem Bett steht. Mein Herz macht einen Sprung.

Shit. Wann ist es so spät geworden? Ich muss los.

Jakob lässt mich los. Ich klettere aus dem Bett und suche meine Sachen zusammen. Shorts und Jeans habe ich schnell gefunden. Doch wo steckt mein zweiter Socken?

Ein paar Minuten auf oder ab werden wohl keinen Unterschied machen , behauptet Jakob. Stress dich nicht so.

Ich hasse Unpünktlichkeit. Sonja muss sich auf mich verlassen können. Sonst nimmt sie Ben das nächste Mal vielleicht nicht. Endlich entdecke ich den Socken halb unter einer Kommode. Ich schlüpfe hinein und fische dann noch nach meinem Pullover.

Bestimmt hat sie Verständnis

Meine letzte Babysitterin arbeitet nicht mehr mit mir zusammen, weil ich bei drei Kundengesprächen nicht so schnell weggekommen bin wie geplant. Ich kann nicht riskieren, noch eine Babysitterin zu verlieren. Es ist schwer, passende Leute zu finden. Endlich kann ich in meine Jacke schlüpfen. Ich marschiere zur Tür. Gibt es in der Nähe einen Taxistand?

Jakob schüttelt den Kopf. Ich rufe dir eines.

Danke. Mein Herz wird zusammengepresst. Es fällt mir schwer zu gehen. Danke für alles , sage ich. Das Taxi und du weißt schon.

Das Vergnügen war ganz meinerseits. Er grinst frech.

Schön. Dann verschwinde ich jetzt. Meine Hand tastet nach der Türklinke. Ich drücke sie hinunter, öffne die Tür aber nicht.

Sag Ben einen schönen Gruß von mir ,
bittet Jakob.

Das halte ich für keine gute Idee.

Jakobs Gesicht wird ernst. Ich verstehe.

Nein, das tut er nicht. Er kann nicht
nachvollziehen, wie sehr es Ben jedes Mal
schmerzt, wenn er jemanden verliert, den
er mag. Auch wenn bei Jakob die Möglichkeit besteht, dass Ben ihn irgendwann wie-
dersieht, ist es besser, wenn er ihn nicht
weiter in sein Herz lässt.

Wie lange bleibst du noch in der
Stadt? , frage ich. Wann genau reist du
ab?

Am zweiten Januar.

Dann bleiben uns acht Tage. Ich sauge
Luft in meine Lungen, nehme Anlauf für
die nächste Frage, die mir unter den Nä-
geln brennt. Hast du   Hast du Interesse
an einer kurzen, aber bestimmt intensiven
Affäre?

Ein Grinsen hebt seine Mundwinkel.
Kurz: Das lässt sich leider nicht ändern.
Intensiv: Dafür werde ich sorgen. Er steht
auf und schleicht sich an mich heran.

Ihn nackt mit diesen geschmeidigen Bewegungen auf mich zukommen zu sehen,
weckt mein Verlangen. Schon wieder.
Doch uns bleibt keine Zeit mehr. Ich muss
gehen, bin ohnehin viel zu spät dran.
Sonja wartet bestimmt bereits auf mich.

Jakob presst seine Lippen auf meine. Mit einem sehnsüchtigen, hungrigen Kuss verabschieden wir uns. Nachdem ich ihm versprochen habe, mich bald zu melden und mir möglichst rasch Zeit für ihn freizuschaufeln, mache ich mich auf den Weg nach Hause.

5. Kapitel

Jakob

Danke, ihr Nervensägen , brumme ich.
Aber ich bin kein Langweiler, nur weil ich
heute Abend nicht mit euch um die Häuser
ziehen möchte.

Marc sieht mich an, als wären mir plötzlich Hörner gewachsen. In den letzten Wochen hast du dich nicht so angestellt. Du
warst derjenige, der als Letztes ins Bett gefallen ist.

Ich zucke mit den Schultern und räume
die Reste meines Abendessens in den
Kühlschrank. Nachdem ich mir ein Glas
Wasser geholt habe, kehre ich an den großen Esstisch in der Gemeinschaftsküche
zurück, an dem meine Mitbewohner sich
versammelt haben. Vielleicht bin ich das
ständige Ausgehen einfach müde.

Du? Sven lacht trocken auf.

Eine Ära geht zu Ende , grölt Kurt. Der
erste Schwerenöter unserer Truppe wird
alt. .

Warum können sie mich nicht in Ruhe
lassen? Weshalb müssen sie mich so

löchern? Als wäre noch nie jemand von ihnen nicht in Feierlaune gewesen. Ihr könnt mich mal , brumme ich.

Marc zieht die Augenbrauen zusammen. Alles in Ordnung, Kumpel?

Klar. Ich laufe nur heute nicht mit einem breiten Grinsen durch die Straßen. Darf ich nicht einmal lieber in meinem Zimmer bleiben?

Sag einfach, wenn du deine Tage hast. Kurt schüttelt den Kopf. So verdammt dünnhäutig habe ich dich ja noch nie erlebt.

Haltet die Klappe , befiehlt Sven. In ein paar Tagen verschwindet er wieder. Wir sehen ihn ein Dreivierteljahr nicht. Da müssen wir uns nicht im Streit trennen.

Ich komme nur immer wieder zurück, weil wir uns seit der Schulzeit kennen. Ich sehe in die Runde. Diese Kerle sind seit dem Gymnasium meine besten Freunde. Damals haben wir alle unsere Geheimnisse geteilt. Dass ich schwul bin, hat für die anderen nie eine Rolle gespielt. Ein unsichtbares Band hat uns die Jahre über zusammengehalten. Langsam habe ich das Gefühl, dass dieses Band nach und nach ausleiert. Wir haben immer noch unglaublich viel gemeinsam. Und trotzdem ist da eine Fremdheit.

Vermutlich liegt es nur an mir. Ich bin meist nicht da, platze in ein System, das gut funktioniert, und bringe die tägliche

Routine der WG durcheinander. Wie darf ich ihnen einen Vorwurf machen, wenn sie nur versuchen, die alten Rituale am Laufen zu halten?

Sorry, Jungs. Dass ihr mich immer wieder hier aufnehmt und mir das Zimmer freihaltet, obwohl ihr es genauso gut untervermieten könntet, weiß ich zu schätzen , erkläre ich. Mir ist heute nur nicht nach Gesellschaft. Manchmal bin ich halt ein Idiot.

Kurt steigt auf meinen Kommentar ein. Wem sagst du das? Wir leiden ständig unter deinen Macken.

Sven wirft ihm einen finsteren Blick zu. Du kannst froh sein, dass die Wohnung Marcs Familie gehört , sagt er an mich gewandt. Müssten wir Miete zahlen, wäre dein Zimmer bestimmt anderweitig genutzt.

Dafür hätte ich Verständnis , sage ich. Besucht ihr mich im Sommer? Dann können wir ein Wochenende lang auf den Putz hauen.

Marc nickt. Habe ich bereits in meinen Kalender eingetragen. Und die anderen verfrachte ich auch rechtzeitig in meine Karre.

Dankbar lächle ich ihm zu. Perfekt. Dann lasst euch von mir nicht aufhalten. Viel Spaß beim Um-die-Häuser-Ziehen.

Das Geräusch von Stühlerücken erfüllt den Raum. Sven und Marc nicken mir zu, als sie sich verabschieden. Kurt klopft mir auf die Schulter. Viel zu fest. Dann verschwinden die Jungs und es wird still in der Wohnung.

Warum ich mich ihnen nicht anschließen will, kann ich an keinem bestimmten Grund festmachen. Normalerweise lenkt mich ein Abend mit den Jungs von allen Sorgen ab. Heute jedoch übt der Gedanke keinen Reiz auf mich aus. Meine Stimmung ist seltsam gedrückt. Ich habe zu nichts Lust.

Das stimmt nicht ganz. Eine Sache gäbe es, der ich mich gern widmen würde. Aber leider kann ich nicht beeinflussen, wann ich das nächste Mal die Gelegenheit dazu bekommen werde.

Niklas.

Nur an ihn zu denken, weckt den Wunsch in mir, ihn wiederzusehen. Leider hat das mit dem erneuten Treffen nicht so einfach funktioniert, wie ich gedacht habe. Gestern hat Niklas sich nicht bei mir gemeldet, obwohl ich fest mit seinem Anruf gerechnet habe. Vorübergehend habe ich vergessen, dass es für ihn nicht so leicht ist, sich von seinen Verpflichtungen zu trennen. Selbst wenn er sich genauso dringend mit mir verabreden will wie ich mich mit ihm, bedeutet das nicht, dass seine Babysitterin Zeit für Ben hat. Es ist bestimmt schwierig genug, sich im Alltag ein paar Stunden freizuschaufeln. Zu den

Feiertagen will erst recht jeder bei seiner Familie sein. Das trifft auch auf seine Babysitterin zu.

Vorletzte Nacht war einfach   Keine Ahnung, was an Niklas so besonders ist, dass es ihm gelingen konnte, aus den gemeinsamen Stunden   mehr zu machen.

Gott, ich benehme mich wie ein alberner Teenager, wenn es um ihn geht. Ich kann nicht klar denken, wenn ich in seiner Nähe bin. Wenn er mich ansieht, schaltet sich mein Verstand aus. Dann fühle ich nur noch. Dann wird mein Handeln von meinem Begehren regiert. Dann wünsche ich mir Dinge, die nicht möglich sind.

Auch jetzt ist da dieses Sehnen, dieses Ziehen in meiner Brust, das mich ganz hibbelig macht. Am liebsten würde ich loslaufen, an Niklas Tür klopfen und direkt im Stiegenhaus vor seinen Nachbarn mit ihm rummachen.

Mein Mund wird ganz trocken. Ich hole mir eine Safttüte aus dem Kühlschrank und fülle mir ein Glas voll. Ich leere es in einem Zug und gieße noch einmal nach. Nach einem weiteren Schluck gehe ich in mein Zimmer. Ratlos starre ich vor mich hin.

Vielleicht ist es doch keine gute Idee gewesen, allein hierzubleiben. Auch wenn die Jungs manchmal anstrengend sind, könnten sie mich auf andere Gedanken bringen. Ich habe keine Lust, den Fernseher anzuschalten und irgendwelchen Schwachsinn anzusehen. Nichts kann das Feuer in mir löschen, die Sehnsucht stillen. Nichts

Aber vielleicht jemand.

Ich greife nach meinem Handy, setze mich auf das Bett, das mich ständig an eine Nacht voller unerwarteter Leidenschaft erinnert, und wähle Niklas Nummer. Während ich dem Klingeln lausche, schließe ich die Augen.

Sofort habe ich Niklas Gesicht vor mir. Ich erinnere mich an jedes Detail seiner ausdrucksstarken Miene, als er vor mir gekniet, mich mit konzentriertem, genießerischem Ausdruck gesaugt hat. Verdammt, noch niemals habe ich jemanden kennengelernt, der diesen Liebesdienst mit so viel Begeisterung leistet. Er hat es so intensiv getan, mit so viel Hingabe, dass die Erinnerung meinen Schwanz schmerzhaft pochen lässt.

Hallo Jakob , meldet sich eine tiefe Stimme, die einen Schauer über meinen Rücken jagt. Schön, dass du anrufst.

Ich muss mich räuspern. Du fehlst mir , gestehe ich. Musste gerade an dich denken.

Niklas schweigt.

Hey, ich wollte dir keine Schuldgefühle einjagen. Ich weiß, dass du schwer beschäftigt bist. Hast du Zeit für ein kurzes Gespräch? Ich verspreche, dass es diesmal nicht wieder zwei Stunden dauern wird wie heute Morgen.

Ben liegt bereits im Bett, aber ich muss noch eine Auftragsarbeit fertigmachen. Ein Cover für einen Autor. Leider weiß der so gar nicht, was er sich eigentlich vorstellt. Wir versuchen es bereits mit dem dritten Entwurf. Trotzdem ist er nicht Entschuldige, dass ich dich mit meinen Problemen belästige. Was treibst du gerade?

Leise lache ich auf. Ich sitze auf dem Bett und stelle mir dich vor, wie du vor mir kniest und meinen Schwanz in deinem Mund hast.

Schweres Atmen ist zu hören. Meine Beschreibung scheint auch Niklas nicht kalt zu lassen. Wie gern ich ihn jetzt neben mir hätte!

Gott, ich möchte von dir kosten , presse ich hervor. In diesem Augenblick. Ich möchte dich küssen, über deine Brust tiefer lecken, bis ich zwischen deinen Beinen ankomme. Dann möchte ich dich auf das Bett legen und mit meinen Fingern

Jakob , wimmert Niklas. Du bringst mich um den Verstand.

Das hoffe ich. Schlimm genug, dass du mir den Kopf verdreht hast. Es erleichtert mich, dass ich dich ebenfalls ein wenig quälen kann.

Geräusche am anderen Ende der Leitung erklingen, die ich nicht zuordnen kann. Ist Niklas aufgestanden? Holz knarzt. Dann ein leises Klicken. Hat er den Raum verlassen? Sich einen ungestörteren Ort gesucht?

Ungeduldig harre ich aus, bis Niklas sich wieder zu Wort meldet. Während ich warte, strecke ich mich auf dem Bett aus. An mir selbst rumzuspielen reicht mir nicht. Ich will Niklas hier haben.

Hier herrscht das pure Chaos , sagt Niklas. Weihnachten überfordert Ben jedes Mal. Er hat viel zu viele Geschenke bekommen. Nachdem wir allein feiern müssen, habe ich es vermutlich übertrieben.

Nicht gerade das, worüber ich mich im Moment gern unterhalten möchte. Ist er sehr überdreht?

So schlimm wie noch nie. Er will mit allen Spielsachen gleichzeitig spielen. Am liebsten soll ich rund um die Uhr in seiner Nähe sein und mich mit ihm beschäftigen. Wenn ich mich fünf Minuten auf dem Klo verstecken kann, ist das schon mehr, als ich erwarten darf.

Ich könnte dir helfen , schlage ich vor. Wir könnten gemeinsam etwas unternehmen, zu dritt seine neuen Sachen ausprobieren.

Nein. Niklas Kopfschütteln ist durch das Telefon zu hören. Das geht nicht.

Obwohl ich seine Gründe verstehe, muss ich widersprechen. Ich komme nur als Bekannter vorbei, nur als hilfsbereiter

Christbaumverkäufer. Ben wird niemals erfahren, was wir beide geteilt haben.

Niklas scheint mit sich zu ringen. Danke für das Angebot. Aber es ist besser, wenn wir es sein lassen.

Ich stimme nicht mit ihm überein. Enttäuschung macht sich in mir breit. Deine Entscheidung. Dann sehen wir uns wohl nicht so bald.

Mal sehen. Ich bin gerade dabei, mit Sonja etwas auszumachen. Vielleicht kann ich mich in drei Tagen loseisen. Sonja muss erst mit ihrer Familie klären, ob sie einen Termin verschieben kann. Wenn ihr das gelingt, dann kann Ben bei ihr übernachten. Wir können eine Nacht miteinander bei dir verbringen.

In drei Tagen? Mein Herz klopft schneller. Mir ist aufgefallen, dass er zu mir kommen will. Wir könnten uns auch bei ihm treffen. Vermutlich sträubt ein Teil von ihm sich dagegen, mit mir Sex in der Wohnung zu haben, in der er mit seinem Sohn lebt. Das werde ich akzeptieren.

Wenn alles funktioniert, wie ich es mir vorstelle.

Ich nehme alles, was ich kriegen kann , verspreche ich. Wir haben noch etwas Zeit, bevor ich abreisen muss. Wenn ich dich bis dahin auch nur einmal sehen kann, werde ich zufrieden sein. Egal, wann du dich loseisen kannst. Ich werde alle anderen Termine sausen lassen.

Es tut mir leid, dass ich so schwierig bin.

In seiner Stimme klingt so viel Bedauern mit, dass ich ihn am liebsten trösten möchte. Kein Problem. Du kannst nichts dafür. Was platze ich auch frech und ohne Ankündigung in dein Leben?

Er schluckt hörbar. Ich bin froh, dass du es getan hast.

Verdammt. Wenn er doch jetzt bei mir sein könnte! Dann würde ich ihm zeigen, wie sehr ich darüber juble. Drei Mal habe ich ihn bislang erst getroffen. Trotzdem fühle ich mich ihm nahe. Ich mag ihn viel zu sehr. Nicht mehr lange und ich werde ihn verlieren. Ob er mit einer sporadischen Affäre einverstanden wäre?

Wenn du in drei Tagen vorbeikommst, werden wir uns unterhalten , schlage ich vor. Wir sprechen darüber, wie diese Begegnung uns beide überrascht hat. Und dann berichtest du mir, wie froh du tatsächlich bist.

Ein heiseres Lachen ist von Niklas zu hören. Vielleicht zeige ich es dir am besten.

Einverstanden, wenn du es so wie beim ersten Mal machst.

Du meinst, ich soll wieder auf die Knie gehen und dir noch einmal   Plötzlich unterbricht er sich.

Frustriert stöhne ich auf. Hey, lass mich nicht hängen. Ich bin gerade so verdammt scharf auf dich.

Niklas antwortet mir nicht. Dafür kann ich belauschen, dass er sich mit jemand anderem unterhält. Im ersten Moment durchzuckt mich Eifersucht. Dann erkenne ich Bens Stimme. Er klingt verschlafen und ängstlich. Niklas versucht ihn anscheinend zu beruhigen. Vielleicht hat der Junge einen Albtraum gehabt. Gerade jetzt!

Ich schließe die Augen und warte ab. Meine Hoffnung, dass die Angelegenheit schnell geklärt wird, löst sich nach und nach in Enttäuschung auf. Es ist gar nicht notwendig, dass Niklas irgendetwas sagt, als ich bemerke, dass er das Handy wieder ans Ohr hält.

Gib mir Bescheid, ob wir uns in drei Tagen sehen , bitte ich nur. Hoffentlich schläft Ben bald wieder und du kannst noch weiterarbeiten.

Tut mir leid. Ich würde gern noch mit dir telefonieren.

Kein Problem. Es gelingt mir, einen sorglosen Tonfall anzuschlagen. Du hast zu tun. Das verstehe ich.

Gute Nacht, Jakob.

Gute Nacht, Niklas. Beinahe hätte ich noch hinzugefügt, er soll von mir träumen, doch Niklas legt bereits auf.

Seufzend senke ich den Arm, lasse das Handy auf das Bett fallen. Dann schließe ich die Augen und versuche zu verstehen, wie es geschehen konnte, an jemanden zu geraten, dessen Zeiteinteilung komplizierter ist als meine.

Ich habe lediglich eine Viertelstunde , sagt Niklas, sobald ich die Tür meines Zimmers geschlossen habe. Sonja kann nur kurz auf Ben aufpassen. In gut einer Stunde beginnt der Film. Wir treffen uns direkt vor dem Kino. Trotzdem muss ich noch die Zeit einrechnen, die ich brauche, um hinzugelangen, und ich darf nicht zu spät kommen
Keine Sekunde mit Erklärungen verschwenden. Rasch verschließe ich seinen Mund mit meinen Lippen. Es ist ein Geschenk des Himmels, dass Niklas ein paar Minuten für mich freigeschaufelt hat. Nach dem Telefonat gestern habe ich ihn nur noch mehr vermisst. Auch das Wissen, ihn vielleicht eine ganze Nacht für mich zu haben, hat nicht ausgereicht, um meine Sehnsucht nach ihm abkühlen zu lassen. Doch jetzt ist es ihm gelungen, sich wegzustehlen. Ich weiß zu schätzen, dass er sich die Mühe gemacht hat.
Rastlos fahren meine Hände über seinen Körper. Ich versuche mich durch Schichten von Kleidung zu arbeiten, um an die nackte Haut darunter zu gelangen. Während wir uns küssen, wird Niklas seine Jacke los. Als er dann auf Abstand geht, um sich den Pullover über den Kopf zu ziehen, nutze ich die Gelegenheit, um ihm zu hel-

fen. Beim ersten Mal haben wir uns nicht gegenseitig die Kleidung vom Leib gerissen. Dieses Mal will ich dafür sorgen, dass uns nichts mehr trennt.

Niklas keucht ungeduldig, als ich mich um sein Shirt und seine Hose kümmere. Aus den Schuhen schlüpft er selbst, damit ich die Jeans über seine Füße schieben kann. Seine Socken werde ich vor ihm kniend ebenfalls los, dann hebe ich den Kopf. Er trägt enge Shorts, die sich wundervoll direkt vor meinem Mund ausbeulen.

Genießerisch lecke ich mir über die Lippen und sehe zu ihm hoch. Er erwidert meinen Blick. In seinem Gesicht lese ich seine Sehnsucht. Seine blauen Augen glühen.

Ich ziehe seine Shorts nach unten und nehme seinen Schwanz sofort in den Mund. Als ich meine Zunge einsetze, um mehr Druck auszuüben, stöhnt er laut. Damit er sich mir nicht entziehen kann, kralle ich meine Finger in seinen Hintern.

Sollte   Ein Wimmern unterbricht seine Worte, als ich fester sauge.   Sollte das nach unserem Plan nicht ich machen?

Um ihm antworten zu können, muss ich von ihm ablassen.   Scheiß auf einen Plan. Wir machen, was uns gefällt.

Wenn das so ist   Bevor ich mich erneut um seine verlockend vor mir wippende Erregung kümmern kann, zieht er mich hoch und drängt mich zum Bett. Er schiebt mir mein Shirt über den Kopf, nestelt am Verschluss meiner Hose. Sobald er die ein Stück nach unten gezerrt hat, gibt er mir einen Schubs, sodass ich auf der Matratze lande. Vergessen wir das Vorspiel, wenn du einverstanden bist.

Wieso sollte ich dir widersprechen? Ich bin hart, seit ich deine Nachricht bekommen habe, dass du überraschend vorbeikommst.

Er kramt in meiner Schublade, holt ein Kondom heraus. Dann rollt er es mir über, nachdem er die Shorts zur Seite geschoben hat. Ich möchte meine Hose ausziehen, die Shorts loswerden, doch er hält meine Hände fest. Keine Zeit , keucht er.

Seine Eile stellt verrückte Dinge mit meinem Magen an. Ich beobachte, wie er Gleitgel auf meinem Schwanz verteilt und dann so auf meinen Schoß klettert, dass sich seine angewinkelten Beine seitlich an meine Hüften pressen. Während wir uns in die Augen sehen, lässt er sich langsam auf mich nieder.

Meine Augenlider flattern, doch ich halte seinen Blick fest, genieße das Gefühl, in ihm zu sein. Niklas hebt sein Becken an. Als er es wieder absenkt, stöhne ich laut auf. Er bewegt sich viel zu schnell. Ich packe seinen Hintern, um ihn in meinem eigenen Tempo stoßen zu können, doch er ist zu ungeduldig. Ein fiebriger Glanz erscheint in seinen Augen. Sein Gesichtsausdruck ist vor Sehnsucht verzerrt.

Es ist deutlich zu sehen, dass er das hier braucht. Also überlasse ich ihm die Kontrolle, übergebe mich den Wellen des Verlangens, die meine Adern zum Kochen bringen, und fühle mich davon geschmeichelt, dass ich in der Lage bin, ihn so hungrig zu machen.

Bald muss ich die Augen schließen, weil mich der Anblick von den Gefühlen in Niklas wunderschönem Gesicht beinahe kommen lässt. Ich will, dass es nicht zu schnell zu Ende geht, auch wenn Niklas alles daransetzt, damit ich die Beherrschung verliere. Mit zitternden Händen taste ich nach ihm, streiche über seine Brust, gleite dann tiefer, bis ich zu seiner Härte gelange. Sanft umfasse ich sie, massiere sie im Takt, den Niklas vorgibt.

Er erzittert, hält kurz inne, um den Kopf zurückzuwerfen und zu stöhnen. Sein gesamter Körper ist angespannt.

Jetzt kann ich die Füße in die Matratze stemmen und ein wenig Einfluss auf Niklas Bewegungen nehmen. Er wimmert leise, wirkt ganz gefangen und hält sich anscheinend nur aufrecht, weil er seine Hände auf meiner Brust abgestützt hat. Ich würde ihn furchtbar gern küssen, doch ich will nicht, dass sich dieses Erlebnis für ihn verändert. Schließlich wirkt es, als

würden bei ihm keine Wünsche offenblei-
ben.

Noch ein Stoß von mir, und er stöhnt
auf. Sein Blick sucht meinen. Ich kann seinen Adamsapfel hüpfen sehen, als er
schluckt. Er leckt sich über die Lippen und
hält die Luft an. Während ich ihn fasziniert
beobachte, weiten sich seine Pupillen. Die
Muskeln in seinem Körper erstarren. Über
sein Gesicht huscht ein Ausdruck purer
Lust. Und dann kommt er zuckend, ergießt
sich über meine Hand. Ich kann nicht verstehen, was er murmelt, aber es klingt, als
wäre es mein Name.

Verdammt, ihn in diesem Zustand völli-
ger Aufgelöstheit zu sehen, schenkt auch
mir den Höhepunkt. Grob ziehe ich seinen
Oberkörper zu mir herunter, suche mit
meinen Lippen die seinen und setze meine
Zähne wohl etwas zu ungeduldig ein.

Noch einmal wimmert Niklas in einer Mischung aus Schmerz und Lust. Seine
Hände legen sich um mein Gesicht. Er
weicht nicht von mir zurück, obwohl ich
ihm bestimmt wehgetan habe. Stattdessen
schenkt er mir mit dieser Geste ein Gefühl
von Wärme, das mein Herz beinahe explodieren lässt.

Ein paar Augenblicke später muss ich
mich auf den Weg ins Badezimmer machen. Doch lange lasse ich Niklas nicht
nackt allein in meinem Bett warten. Ich
lege mich zu ihm, grinse ihn an.

Die Vorstellung, die Stadt zu verlassen, verliert immer mehr an Reiz , gestehe ich. Warum rinnen die Tage nur so schnell zwischen meinen Fingern hindurch?

Weil es so viele Möglichkeiten gibt, was wir noch anstellen könnten. Niklas lacht. Lass mich dir einige davon zeigen.

Mit einer schnellen Bewegung rollt er sich auf mich, nimmt mich unter sich gefangen. Er küsst mich hungrig, als hätten wir nicht gerade erst unseren Appetit gestillt.

Wollten wir uns nicht unterhalten? , erinnere ich, sobald ich wieder zu Atem komme.

Später. Er fängt meine Lippen wieder ein. Beim nächsten Mal. Jetzt müssen wir jede Sekunde nutzen.

Ich lasse ihm seinen Willen, bin selbst ganz versessen darauf, ihm nahe zu sein. Da lodert ein Feuer zwischen uns, das ich nicht ignorieren kann. Auch wenn der erste Flächenbrand gelöscht ist, gibt es noch viel mehr zu entdecken.

Während wir uns küssen, uns streicheln und bis zur letzten Sekunde warten, bis Niklas wieder losmuss, überlege ich, wie es mir gelingen soll, fast ein Jahr lang von der Erinnerung an diese Wärme zu zehren.

6. Kapitel

Niklas

Wir sind spät dran. Immer wieder werfe ich einen Blick auf die Uhr. Meine Nerven flattern vor Vorfreude. Ich könnte die ganze Welt umarmen, weil ich Jakob gleich wiedertreffen werde. Der Weg, der noch vor mir liegt, ist viel zu lang. Meine Unruhe sieht man mir bestimmt an.

Aber das bedeutet nicht, dass Ben deshalb schneller geht. Seine kleine Hand liegt in meiner, während wir die Straße entlangschlendern. Ich würde gern laufen, doch Ben hüpft auf und ab, bleibt an Schaufenstern stehen, starrt Autos hinterher, zieht dabei an meinem Arm.

Ich hole tief Luft und bete um Geduld. Mein Lächeln ist angestrengt, doch ich behalte es bei. Nur noch ein wenig Ruhe bewahren. Ben darf heute bei Sonja schlafen. Eine Nacht ohne ihn. Eine Nacht mit Jakob. Wir müssen uns erst nach dem Frühstück trennen. So viele Stunden nur für uns allein.

Die Zeit bis zu Jakobs Abreise zerrinnt zwischen meinen Fingern. Morgen feiern wir bereits Silvester. Am zweiten muss er sich in aller Früh ins Auto setzen. Deshalb werden wir uns am ersten Tag im neuen Jahr verabschieden. Der Tag, an dem man eigentlich etwas Neues feiert, wird bei uns der Moment, an dem sich alles ändert. Ich dachte, ich würde damit zurechtkommen, aber dieser Kerl ist mir unter die Haut gekrochen. Ich weiß nicht, wie Jakob es angestellt hat, aber das zwischen uns fühlt sich nicht mehr nur wie eine Affäre an. Das ist mehr geworden. Zumindest für mich.

Ob ich ihm anvertrauen soll, was in mir vorgeht? Würde es irgendetwas bringen, wenn er ähnlich fühlen würde? Unsere Leben sind so komplett unterschiedlich. Auf ihn wartet der Job als Skilehrer. Danach dürfen ihn Männer und Frauen im Freibad ein paar Stunden von hier anhimmeln. Er liebt seine Freiheit und genießt es, die Welt zu bereisen. Jakob hat mir erzählt, übernächstes Jahr im Sommer gern nach Spanien oder Frankreich gehen und dort arbeiten zu wollen. Wie sollte ich ihn davon abbringen können? Was hätte ich ihm schon zu bieten? Wie sollte ich mit dem Abenteuer konkurrieren?

Ben bleibt schon wieder stehen. Mit großen Augen starrt er nach oben.

Was ist denn los? , frage ich ungeduldig.

Ein Flugzeug. Direkt über uns. Er zeigt in den Himmel.

Im Augenblick würde mich auch keine fliegende Untertasse interessieren. Ich will endlich zu Jakob. Trotzdem lege ich den Kopf in den Nacken und drücke Bens Hand. Ein riesiges Ding. Wohin es wohl fliegt? Jetzt folgt eines unserer Rituale. Und was meinem Sohn wichtig ist, ist es auch für mich. Also werden wir losraten und uns mit verrückten Ideen übertreffen. Weil das mein Job ist.

Hm, zum Nordpol vielleicht? , schlägt Ben vor.

Zu den Pinguinen?

Ben schnaubt. Die leben am Südpol, Papa. Warum merkst du dir das denn nicht?

Ich zwinkere ihm zu. Wozu sollte ich, wenn ich einen so klugen Sohn habe? Vielleicht landen sie in Madagaskar und transportieren tatsächlich Pinguine.

Ist das die richtige Richtung?

Kommt darauf an, wo sie eine Zwischenlandung einlegen , behaupte ich.

Das werden sie nicht machen. Schließlich haben sie Elefanten an Bord. Und wenn das der Bundespräsident von von Afrika mitbekommt, wird der sauer und nimmt sie ihnen wieder weg.

Endlich setzen wir uns wieder in Bewegung. Bei dem glatten Boden gar nicht so einfach. Letzte Nacht hat es geregnet. Es ist nicht kalt genug gewesen, um daraus Schnee zu machen, doch die Nässe ist auf dem Asphalt gefroren. Das wäre ja schrecklich. Die Elefanten sollen doch die Prinzessin von Madagaskar fröhlich machen. Dazu haben sie eigens einige Kunststücke gelernt.

Ben lacht. Genau. Sie können auf ihrem Rüssel stehen, während sie mit jedem ihrer Füße einen Ball durch die Luft wirbeln.

Die Bälle brennen natürlich.

Natürlich , stimmt er zu und strahlt zu mir hoch. Und sie schießen Pfeile in alle Richtungen ab. Und die Elefanten können gleichzeitig auch noch Witze aufsagen. Sonst hätte die Reise zur Prinzessin ja gar keinen Sinn.

Wie Recht du wieder hast. Ich grinse breit. Meine Stimmung hat sich gehoben. Zu so was sind nur Kinder in der Lage. Freust du dich auf Sonja?

Er nickt. Darf ich dort Schokolade essen, so viel ich will?

Ich gebe vor zu überlegen. Hmmm, was denkst du, was ich antworten werde?

Du wirst es mir verbieten. Ben klingt, als hätte ich ihm sein Lieblingskuscheltier weggenommen.

Nicht ganz. Ich werde dir sagen, dass du alt genug bist, um zu verstehen, was passiert, wenn du zu viel Schokolade isst. Also appelliere ich an deine Vernunft

Appetit was?

Ich zwinkere, bevor ich einen Mundwinkel hebe. Appellieren. Ich zähle auf deine Vernunft. Bestimmt schaffst du es aufzuhören, bevor dir schlecht wird.

Mal schauen.

Wir blicken uns an und beginnen beide zu lachen. Ein perfekter Moment.

Plötzlich wird Ben nach vorn gerissen. Ein seltsames Geräusch erklingt. Aus den Augenwinkeln sehe ich einen Fahrradfahrer. Ben zerrt beim Vorwärtstaumeln an meiner Hand. Automatisch drücke ich sie fester. Trotzdem rutschen seine Finger aus meinen. Den Bruchteil einer Sekunde später landet Ben hart mit dem Kopf auf dem Asphalt.

Ich lasse die Tasche fallen, in der sich seine Übernachtungssachen befinden, und beuge mich über ihn. Vorsichtig berühre ich ihn an der Schulter, doch er rührt sich nicht.

Der Fahrradfahrer ist stehen geblieben. Es tut mir leid. Alles in Ordnung?

Das wüsste ich auch zu gern.

Ben? , flüstere ich, hoffe, seine Stimme zu hören. Wieder erhalte ich keine Reaktion. In meinen Ohren rauscht es. Alles bewegt sich wie in Zeitlupe. Ich versuche zu verstehen, was gerade passiert ist. Ich will etwas fühlen außer Panik. Aber da ist nichts. Nur eine große Leere und die Angst, meinen Sohn zu verlieren.

Darf ich ihn bewegen? Ich fühle mich so verdammt hilflos. Vorsichtig hebe ich seinen Kopf an, entdecke Blut auf seiner Stirn. Er hat die Augen geschlossen, das Gesicht ganz entspannt. Er ist ohnmächtig geworden. Hat er eine schwere Verletzung davongetragen? Atmet er überhaupt noch? Was soll ich nur tun?

Geht es ihm gut? , fragt der Radfahrer mit drängendem Tonfall erneut.

Ich schüttle den Kopf. Er ist nicht bei Bewusstsein. Rufen Sie einen Krankenwagen. Sofort. Und die Polizei auch gleich. Voller Wut sehe ich zu dem Mann hoch. Was für ein verantwortungsloser Idiot! Wenn Ben etwas passiert ist

Schock zeigt sich auf seinem Gesicht. Aber

Rufen Sie einen Krankenwagen , wiederhole ich und konzentriere mich ganz auf Ben. Ich lege zwei Finger an seinen Hals und taste nach seinem Puls. Unter meinen Fingerspitzen spüre ich das Pumpen seines Blutes.

Wie soll ich am besten vorgehen? Unzählige Möglichkeiten schießen mir durch den Kopf. Stabile Seitenlage? Gar nicht bewegen? Ben ist auf den Kopf gefallen. Ich rechne nicht damit, dass er sich den Nacken verletzt hat. Wenn er auf dem Gesicht liegen bleibt, bekommt er schlecht Luft.

Vorsichtig schiebe ich eine Hand unter seinen Kopf und drehe Ben langsam um.

Er wirkt so verdammt blass. Dass er ohnmächtig geworden ist, macht mir Angst. Ich fühle mich völlig überfordert. Am liebsten würde ich Ben in meine Arme heben, ihn an mich drücken wie ein Baby und ihn notfalls selbst ins Krankenhaus tragen.

Wie lange wird es wohl dauern, bis der Krankenwagen hier erscheint? Ich sehe noch mal zu dem Radfahrer und fixiere ihn mit finsterem Blick. Hat er bereits telefoniert? Bens Anblick hat mich abgelenkt. Ich habe nichts mitbekommen.

Hilfe ist gleich da , sagt der Mistkerl, während er sein Fahrrad umklammert. Er dreht den Kopf und sieht die Straße entlang.

Hoffentlich warten Sie bloß ungeduldig auf die Ankunft des Rettungswagens , blaffe ich ihn an. Wenn Sie es wagen, sich aus dem Staub zu machen, ohne mir Ihre Daten hierzulassen, schicke ich Ihnen die Polizei hinterher. Sie haben meinen Sohn verletzt. Dafür werden Sie sich verantworten.

Ich habe ihn doch nur angerempelt , behauptet der Mann im Radfahranzug. Wenn Sie beide nicht so viel Platz in Anspruch genommen hätten, wäre ich locker vorbeigekommen, ohne dass etwas passiert wäre.

Wut lässt mich zittern. Sie sind auf dem Gehweg gefahren. Mit Ihrem Rad haben Sie dort nichts zu suchen. Also weisen Sie nicht uns die Schuld zu.

Der Kerl verdreht nur die Augen.

Mit ihm soll sich die Polizei beschäftigen. Er ist mir nicht wichtig. Ich blicke auf Ben hinunter. Die Platzwunde blutet noch. Mit dem Ärmel wische ich vorsichtig eine Blutspur weg, die in sein Auge zu rinnen droht.

Hat seine Stirn bei meiner Berührung gerade gezuckt? Hat er Schmerzen?

Endlich nähert sich das Geräusch einer Sirene. Der Radfahrer winkt den Rettungswagen heran. Kurz darauf eilen zwei Sanitäter auf uns zu. Ich weiche zur Seite aus, um den beiden besseren Zugang zu ermöglichen. Besorgt beobachte ich, wie sie Ben untersuchen.

Was ist mit ihm los? , frage ich ungeduldig.

Ich erhalte mehrere Minuten lang keine Antwort. Dann beruhigt man mich endlich. Es gehe ihm den Umständen entsprechend gut. Man macht mir Mut, dass er bald wieder aufwachen würde. Wie gern ich daran glauben möchte!

Die Männer verfrachten Ben in den Krankenwagen. Ich klettere nach ihm hinein, greife sofort nach seiner Hand. Mit einem Ruck fährt der Wagen an. Einer der Sanitäter kümmert sich um Ben, doch ich starre nur meinen Sohn an, warte darauf, dass er irgendeine Reaktion zeigt.

Wir sind keine fünf Minuten unterwegs, als Ben die Augen aufschlägt. Er blinzelt, runzelt die Stirn und stößt einen Schmerzenslaut aus. Was ist los, Papa? , fragt er.

Erleichtert strahle ich ihn an. Alles in Ordnung, mein Süßer. Jetzt wird bestimmt alles wieder gut.

Ben schläft. Ich starre auf ihn nieder, taste mit meinem Blick über sein zartes Gesicht und kämpfe gegen den Schmerz in meiner Brust an. Der Arzt hat vorhin gemeint, dass Ben wieder wird. Wir müssen lediglich darauf achten, dass ihm nicht plötzlich schlecht wird, dass er nicht mit einem Mal verwirrt reagiert. Er muss überwacht werden, weshalb wir die Nacht über hierbleiben. Aber das ist okay. Hauptsache, er kommt wieder in Ordnung. Dafür nehme ich alles in Kauf.

Jetzt darf er sich ausruhen. Zwei Stunden darf er schlafen, bevor ich ihn wecken muss. Danach wissen wir hoffentlich mehr. Bis dahin muss ich mich gedulden. Als gehöre das zu meinen Stärken!

Mein Telefon klingelt und vibriert in meiner Hosentasche. Das Geräusch ist unwillkommen. Ich möchte mit niemandem reden. Mit niemandem außer einem Arzt des Krankenhauses, der mir endlich sagt, was mit Ben los ist. Das ist alles, was ich wissen will.

Das Klingeln hört nicht auf. Ärgerlich ziehe ich das Handy hervor und werfe einen Blick auf das Display.

Jakob.

Verdammt auch! Den habe ich ganz vergessen. Ich sollte eigentlich schon vor einer Stunde bei ihm aufgeschlagen sein. Er weiß nicht, dass ich nicht kommen kann. Nach einem letzten Blick auf Ben verlasse ich das Krankenzimmer.

Tut mir leid , sage ich nach dem Abheben.

Du kannst nicht kommen? Jakob klingt enttäuscht.

Entschuldige. Ben braucht mich.

Jakob holt ganz tief Luft. Wirklich schade. Ich habe mich auf dich gefreut.

Mir wäre es auch lieber, ich könnte jetzt bei ihm sein und Spaß haben, statt hier herumzusitzen und auf Informationen zu warten. Wie gern ich diesen Unfall ungeschehen machen und stattdessen herausfinden würde, wie viel Jakob und mich wirklich verbindet. Ich muss oft an ihn denken, möchte nicht, dass er plötzlich wieder verschwindet, ohne dass ich mehr von ihm erfahren habe. Die Informationen, die wir bei unseren Telefonaten oder in den über das Handy ausgetauschten Nachrichten geteilt haben, reichen nicht. Das Leben stellt einem jedoch hin und wieder ein Bein. Wenn man für ein Kind verantwortlich ist, muss man mit allem rechnen.

Jakob kann das nicht verstehen. Sein Leben sieht völlig anders aus. Er genießt seine Freiheit und hat noch so verdammt viele Pläne. Mein Herz an jemanden wie ihn zu hängen, ist verrückt. Dass ich ihn mag, ändert nichts an der Tatsache, dass er bald abreisen und mich vergessen wird. Vielleicht ist es das Beste, wenn ich das Offensichtliche akzeptiere und mir eingestehe, dass er nicht für mich vorgesehen ist. Wozu versuchen, das Schicksal auszutricksen, die Wahrheit zu verleugnen, und dadurch die Qual nur verlängern?

Vielleicht sollte ich ihm nicht erzählen, dass ich fest vorhatte, zu ihm zu kommen, und stattdessen so tun, als wäre mir unser Treffen gar nicht wichtig gewesen. Wenn er jetzt sauer auf mich ist, hat er vielleicht kurzfristig mit einer Enttäuschung zu kämpfen. Dann würde er mich vergessen. Dafür könnte er die Zeit als Skilehrer genießen, sich von Kindern und Eltern gleichermaßen anhimmeln lassen, mit irgendwelchen Kerlen flirten

Niklas?

Hm? Ich schrecke aus meinen Gedanken hoch.

Alles in Ordnung? Jakob klingt lauernd.

Ja, ja. Ich habe da eine andere Sache, um die ich mich kümmern muss.

Das scheint ihm kurz zu schaffen zu machen. Okay. Es wäre nur nett gewesen, wenn du mir Bescheid gesagt hättest.

Ich schlucke den Kloß in meinem Hals hinunter. Habe ich glatt vergessen. Weil ich mir Sorgen um Ben gemacht habe. Weil gerade etwas anderes wichtiger war.

Na, echt toll. Starten wir einen neuen Versuch, oder hast du daran kein Interesse mehr?

Was soll ich darauf antworten? Ich bin ein schlechter Lügner. Jakob merkt mir nur nichts an, weil ich mich so nahe an die Wahrheit halte.

Über mir erklingt ein Knacken. Doktor Maier sofort in die Notaufnahme. Doktor Maier sofort in die Notaufnahme. Eine nervig hohe Frauenstimme übertönt alle Geräusche aus den Zimmern ringsum.

Bist du im Krankenhaus? , fragt Jakob.

Ich beiße die Zähne zusammen. Verdammt auch!

Niklas?

Ja, ich   Mir   fällt keine Ausrede ein.

Geht es dir gut?

Die Frage bringt mich aus dem Gleichgewicht. Plötzlich ist da die Angst, Bens Verletzung könnte doch schlimmer sein als angenommen. Was, wenn er sich beim Aufwachen schlecht fühlt? Wenn er benommen, nicht ansprechbar ist, sich erbricht?

Ein Schauer läuft mir über den Rücken. Ich darf nicht auch noch Ben verlieren!

Sag mir jetzt sofort, was los ist, Niklas. Irgendetwas ist passiert. Bist du verletzt? Vermutlich nicht allzu schwer, sonst könntest du nicht mit mir telefonieren. Deine Stimme ist so besorgt. Ist jemandem etwas zugestoßen, der dir wichtig ist? Oh, verdammt! Alles in Ordnung mit Ben?

Er wurde von einem Radfahrer nieder-gerissen , sprudelt es aus mir hervor. So ein Vollidiot hat ihn umgemäht. Ben ist ziemlich hart gefallen. Er hat eine Platz-wunde an der Stirn.

Wird er gerade genäht? , fragt Jakob.

Das ist schon erledigt. Im Moment schläft er. Wir müssen zur Beobachtung hierbleiben. Er war kurz ohnmächtig, und die Ärzte wollen sichergehen, dass er keine schwere Gehirnerschütterung hat.

Jakob scheint sich zu bewegen. Ich höre Stoff rascheln und das Klicken einer Tür. In welchem Krankenhaus seid ihr? Dem in der Groutstraße?

Ja, das hat einen ziemlich guten Ruf. Die Leute hier wissen, was sie zu tun ha-ben. Ben ist in guten Händen. Wir können jetzt nur abwarten, wie es ihm nach dem Aufwachen geht. Ich plappere nur, versu-che mich selbst zu beruhigen. Jakob macht sich bestimmt keine Sorgen um Ben. Schließlich kennt er ihn ja gar nicht richtig. Sie sind sich zweimal begegnet.

Weshalb sollte er sich Gedanken um meinen Sohn machen?

Vermutlich liegt Ben auf der Kinderstation, oder?

Genau. Zum Glück haben wir ein Zimmer bekommen, in dem noch ein zweites Bett steht. So kann ich die Nacht über bei ihm bleiben. Ich erwähne das, damit Jakob nicht auf die Idee kommt, mich zu fragen, ob ich ihn später noch besuche.

Welche Zimmernummer?

Wieso fragst du?

Die Hintergrundgeräusche bei Jakob ändern sich. Er scheint sich auf der Straße zu befinden. Ich höre Autos, die an ihm vorbeifahren, Menschen, die sich ihm plaudernd nähern. Jakob atmet schneller.

Ich komme.

Du aber

Vielleicht kann ich dich ein wenig unterstützen, dich in der Nacht bei der Wache an seinem Bett ablösen , schlägt er vor.

Ich kann für vernünftiges Essen und Ablenkung sorgen. Wenn Ben aufwacht, gehört Langeweile vermutlich zu seinem größten Problem.

Ein Teil von mir will über das Angebot jubeln. Es würde bedeuten, ich müsste die Verantwortung nicht allein tragen. Ich müsste mich nicht allein durchschlagen und hätte jemanden, der auf Ben aufpasst, wenn ich mit den Ärzten rede. Doch das geht nicht. Ich bin Bens Vater. Und Jakob ist keine Ahnung.

Du solltest deinen Urlaub genießen. Vermutlich hast du noch einiges vorzubereiten. Da musst du dich nicht in ein Krankenhaus setzen.

Wenn ich nicht dazu bereit wäre, hätte ich mich nicht bereits auf den Weg gemacht.

Immer noch zögere ich. Jakob scheint es ernst zu meinen. Trotzdem hätte ich das Gefühl, ihn auszunutzen. Es würde alles verkomplizieren. Also unsere emotionale Beziehung. Seine Ankunft würde mir die nächsten Stunden erleichtern. Und dennoch

Jakob kann meine Unsicherheit offensichtlich spüren. Wenn es dir lieber ist, bleibe ich zu Hause. Ich will euch nicht im Weg sein, wenn ihr das zu zweit durchstehen wollt. Aber wenn du Ben nicht unbeobachtet lassen willst, wenn du Pinkelpause brauchst, übernehme ich vorübergehend den Job als Babysitter.

Ich bezahle nicht gut , wage ich einen Witz.

Dann hast du Glück, dass ich dich mag. Und vielleicht ergibt sich ja irgendwann die Möglichkeit, dass du mich in Naturalien bezahlst. Jakobs Worte klingen neckisch. Gleichzeitig wirkt er abgelenkt.

Danke , bringe ich heiser hervor, weil der Kloß in meinem Hals größer wird.

Gerne. Bis gleich. Die Verbindung wird getrennt.

Mein nächster Atemzug fällt mir bereits leichter. Es tut gut zu wissen, dass ich in Kürze Unterstützung erhalten werde. Ich werde das Gefühl genießen, mich aber nicht darauf verlassen. Der Job als alleinerziehender Vater ist hart, und er wird noch eine ganze Weile dauern. Jakob kann ich in meine Probleme nicht hineinziehen. Eine Möglichkeit, die Verantwortung kurzzeitig zu teilen, werde ich allerdings nutzen.

7. Kapitel

Jakob

Ben hatte einen Unfall!

Mein Herz rast. In meinem Magen hat sich ein eisiger Knoten gebildet. Ich winke ein Taxi heran und muss zweimal Anlauf nehmen, bevor ich die Adresse richtig hervorgebracht habe. Dann lehne ich mich in die Polster der Rückbank und versuche mit der Kraft meiner Gedanken, die Fahrzeuge vor uns zum Abbiegen zu bewegen, damit wir schneller vorwärtskommen.

Wie besorgt Niklas geklungen hat. Wie panisch. Obwohl er versucht hat, mich davon zu überzeugen, meine Hilfe nicht zu benötigen, habe ich in seiner Stimme den Schock gehört. Er hat mir erzählt, wie sein Ehemann ums Leben gekommen ist. Ich bin nicht ansatzweise in der Lage, mir vorzustellen, was gerade in ihm brodelt. Bestimmt drängen Erinnerungen an die Oberfläche, die er gerade gar nicht gebrauchen kann. Aufgrund seiner Erfahrungen sind seine Ängste wahrscheinlich unproportional hoch.

Ich weiß noch, wie ich mit zwanzig beim Klettern abgerutscht und drei Meter nach unten gefallen bin. Ein Engel muss mich damals vor Schlimmerem bewahrt haben, weil ich keine bleibenden Schäden davongetragen habe. Trotzdem habe ich Monate gebraucht, bevor ich nicht mehr vor Panik erstarrt bin, wenn ich mit einem Fuß sicheren Halt verloren habe. Ich hatte einen Unfall und wurde davon blockiert. Niklas hat jemanden verloren und befindet sich jetzt in einer ähnlichen Situation. Es muss für ihn unglaublich schwierig sein, die Befürchtungen unter Kontrolle zu behalten.

Und natürlich mache ich mir nicht nur Gedanken darüber, wie Niklas sich fühlen muss. Meine Sorge gilt Ben. Aus Niklas Erzählung schließe ich, dass es ihm nicht allzu schlecht gehen kann. Keine Brüche, keine inneren Verletzungen. Aber sein kleiner, kluger Kopf wurde verletzt. Ich könnte diesen dämlichen Radfahrer eigenhändig vor den Richter zerren, damit der ihn lebenslang einsperrt!

Bis jetzt habe ich noch nicht viel Zeit mit Ben verbracht. Ich weiß wenig über ihn und das, was ihn beschäftigt. Trotzdem lässt mich die Information nicht kalt. Ben ist ein netter Junge, und jetzt ist er verletzt. Wie sollte mich das unberührt lassen?

Während das Taxi mich Richtung Krankenhaus fährt, überlege ich, wie ich den beiden am besten helfen kann. Niklas will Ben bestimmt nicht aus den Augen lassen. Er wird etwas zu essen brauchen. Es gibt zwar ein Café im Eingangsbereich des Krankenhauses, aber dort bekommt Niklas nichts Vernünftiges.

Ich bitte den Fahrer, zwei Straßen vor meinem eigentlichen Ziel anzuhalten, und bezahle die Fahrt. Auf der anderen Straßenseite ist ein Restaurant, in dem man leckeres Essen zum Mitnehmen kaufen kann. Dort lasse ich mir Suppe und ein paar belegte Brötchen einpacken, bevor ich mich auf den Weg ins Krankenhaus mache.

Das Gebäude ist riesig. Die Notaufnahme habe ich schon das eine oder andere Mal als Patient oder als Begleiter eines meiner Freunde besucht. In der Eingangshalle muss ich mich trotzdem orientieren. Niklas hat erzählt, dass Ben aufgenommen worden ist. Zu ärgerlich, dass Niklas mir nicht beschrieben hat, wo ich ihn finden kann.

Beim Empfang erkundige ich mich nach der Zimmernummer. Der Geruch nach Desinfektionsmitteln, Medizin und Krankheit kriecht in meine Nase, als ich die Gänge durchquere. Die Atmosphäre weckt in mir den Fluchtreflex, doch ich marschiere weiter, erkenne an den Nummern neben den Zimmertüren, dass ich mich langsam meinem Ziel nähere.

Eine Krankenschwester tritt aus dem Raum, in dem Ben liegt. Sie mustert mich neugierig und lässt die Tür einen Spalt offen stehen. Sind Sie gekommen, um den Jungen zu besuchen? , flüstert sie mir zu.

Ich nicke und hebe meinen Arm hoch. Verpflegung habe ich auch mit. Hoffentlich ist das in Ordnung.

Natürlich. Gehen Sie ruhig rein. Ben schläft noch.

Dankbar nicke ich ihr zu. Während sich ihre Schritte entfernen, sehe ich durch die Tür ins Krankenzimmer. Ich kann zwar ein Bett erkennen, aber die Gestalt darin befindet sich außerhalb meiner Sichtweite. Niklas sitzt daneben auf einem Stuhl und hat dem Patienten den Kopf zugewandt. Er ist in sich zusammengesunken. Es wirkt, als würde er das Gewicht der ganzen Welt auf seinen Schultern tragen.

Mitleid presst meine Brust zusammen. Ich mache einen Schritt vorwärts, überlege, ob ich den Raum betreten oder lieber warten soll, bis Niklas mich bemerkt. Bevor ich mich zu einer Entscheidung durchgerungen habe, dreht Niklas den Kopf. Als er mich erkennt, huscht ein Ausdruck von Freude über seine Miene. Doch der verschwindet schnell wieder.

Er sieht prüfend zum Bett, steht dann auf und kommt auf mich zu. Als er auf den Gang tritt, erkenne ich, wie blass er ist. Danke, dass du gekommen bist , sagt er.

Gerne. Gibt es schon was Neues?

Seufzend schüttelt er den Kopf. Ben schläft ganz ruhig. Angeblich ist seine Müdigkeit kein schlechtes Zeichen. Trotzdem macht sie mich furchtbar nervös. Wenn er munter wäre, könnte ich feststellen, ob er verwirrt ist.

Wie lange darf er noch schlafen?

Niklas wirft einen Blick auf seine Armbanduhr. Noch eine halbe Stunde. Ich überlege, ob ich ihn früher wecken soll. Aber vermutlich ist es besser, wenn er sich jetzt erst einmal ausruht. Der Unfall und die Fahrt ins Krankenhaus haben ihn aufgeregt. Ich möchte ihn nicht noch zusätzlich quälen und ihm seine Ruhe rauben.

Vermutlich hätte ich längst die Geduld verloren, aber ich verstehe, warum Niklas ihn nicht schon wachgerüttelt hat. Haben sie ihn untersucht?

Nur äußerlich. Die Auswirkungen einer Gehirnerschütterung zeigen sich erst später. Eine Gehirnblutung wurde nicht festgestellt. Für mich klingt das alles fürchterlich unlogisch. Ich möchte, dass sie ihn durchchecken, ihn notfalls mit Medikamenten versorgen, einfach irgendetwas tun. Stattdessen muss ich abwarten.

Es tut mir schrecklich leid. Ich umarme ihn, weil ich ihn trösten muss.

Niklas erstarrt und reagiert nicht. Dann schlingt er mir doch die Arme um die Schultern und schmiegt seinen Kopf an meinen Hals. Ich spüre das Zittern, das seinen Körper ergriffen hat. Er schluchzt leise auf, schluckt krampfhaft.

Meine Umarmung wird fester, so gut das mit den Tüten funktioniert, die ich immer noch in der Hand halte.

Lass es raus , fordere ich ihn auf. Es ist okay, schwach zu sein. In fünf Sekunden bist du bestimmt wieder stark für Ben.

Ich will ihn nicht verlieren. Niklas Stimme klingt erstickt. Beim nächsten Aufschluchzen drückt er mir mit seinen Armen beinahe die Luft ab. Ben ist mein Leben. Er ist alles, was zählt.

Das wirst du nicht. Keine Sorge. Selbst wenn er doch noch Anzeichen einer schweren Gehirnerschütterung zeigt, wird alles gut. Ihr seid im Krankenhaus. Wenn es Probleme gibt, kann euch sofort geholfen werden.

Danke, dass du da bist , wiederholt er.

Allein das zeigt mir, dass er wirklich erschüttert ist. Ich kenne ihn inzwischen gut genug, um zu wissen, wie sehr er es hasst, etwas nicht ohne Hilfe zu schaffen. Wenn er jetzt so viel Erleichterung über meine Anwesenheit zeigt

Abrupt tritt er von mir weg und räuspert sich. Entschuldige. Bestimmt könntest du Wichtigeres erledigen, nachdem ich dich versetzt habe. Für deine Reise gibt es mit Sicherheit einiges vorzubereiten.

Unsinn. Jetzt, wo ich weiß, was Ben passiert ist, hätte ich ohnehin keine Ruhe. Ich bin froh, helfen zu können.

Bedauern zeigt sich in seinem Blick. Es tut mir leid, dass ich unsere Planung durcheinandergebracht habe.

Wehe, du entschuldigst dich noch mal , brumme ich, als er den Mund öffnet. Ich habe übrigens Suppe mitgebracht. Die wirst du jetzt essen. Für Ben ist auch noch was da, wenn er etwas mag.

Niklas betrachtet meine Tüten mit Skepsis. Wen hast du noch eingeladen?

Wird vielleicht eine unruhige Nacht. Dann haben wir wenigstens genug zu essen. Hast du Besteck hier? Ich habe Plastiklöffel einpacken lassen, aber damit schmeckt es bestimmt nicht so lecker.

Das reicht vollkommen. Wir müssen ohnehin ruhig sein. Meine Hände zittern so sehr. Mit einem richtigen Löffel würde ich ein Trommelkonzert geben. Er geht vor ins Zimmer. Nachdem er einen Blick auf Ben geworfen hat, nimmt er an dem kleinen Tisch an der Wand Platz.

Ich stelle die Tüten vor ihm ab, öffne eine der Verpackungen und übergebe ihm die Suppe. Es erfüllt mich mit völlig dämlichem Stolz, dass er sich hungrig darüber hermacht. Das Gefühl, nützlich zu sein, lässt mich lächeln. Erst als Niklas sich ganz auf die Suppe konzentriert, schleiche ich mich an das Bett heran, in dem Ben liegt.

In dem Zimmer steht noch ein zweites Bett, das nicht belegt ist. Ich nehme an, dort kann Niklas sich ausruhen. Aber ich glaube nicht, dass er heute Nacht auch nur ein Auge zumacht. Der Stuhl wirkt furchtbar unbequem, doch den kann er näher an Bens Bett schieben. Wenn ich mit meinen Freunden unterwegs bin, verzichte ich oft beim Übernachten auf jeglichen Komfort. Ich werde Niklas später zeigen, wie er seine Knochen schonen kann.

Ich sehe auf Ben nieder, wage nicht einmal laut zu atmen aus Angst, das könnte seinen Zustand verschlechtern. Die Narbe auf seiner Stirn leuchtet in seinem blassen Gesicht. Ich zähle drei Stiche, mit denen die Wunde genäht worden ist, und lobe ihn still für seine Tapferkeit. Eine zur Faust geballte Hand sieht unter der Bettdecke hervor. Vorsichtig streiche ich ihm eine Strähne seines zerzausten Haares aus der Stirn. Sein Anblick verursacht einen Knoten in meiner Brust, der mir die Luft abdrückt. Hoffentlich geht es ihm bald besser. Stumm schicke ich ein Stoßgebet für ihn gen Himmel zu wem auch immer, der dort regiert.

Um ihn nicht zu früh zu wecken, kehre ich zum Tisch zurück und setze mich auf den zweiten Stuhl, um Niklas beim Essen zuzusehen.

Alleinerziehende Elternteile sind schreckliche Datepartner , flüstert er Augenblicke später und schiebt die leere Schüssel von sich. Das wird dir hoffentlich eine Lehre sein.

Glaubt er, ich werde mich nach meiner Abreise sofort wieder mit einem anderen treffen? Denkt er, ich würde von einem Bett ins nächste hüpfen?

Ich schüttle den Kopf. Deine Lebensumstände wären für mich kein Grund, mich von dir fernzuhalten. Natürlich gibt es Schwierigkeiten, aber die entstehen in jeder Beziehung? Ernsthaft? Das ist das Wort, das mir beinahe über die Lippen gekommen wäre? bei jeder Affäre hin und wieder. Kein Grund, sich dagegen zu wehren, wenn man sich zu jemandem hingezogen fühlt.

Trotzdem hast du es dir unnötig schwierig gemacht. Wenn du bei deinem Job als Skilehrer jemanden kennenlernst, könntest du darauf achten. Niklas Blick ist schwer zu deuten.

In meinem Kurs habe ich hauptsächlich mit Kindern zu tun , sage ich. Deren Eltern interessieren mich allerdings nicht.

Weil du gemerkt hast, dass solche Affären kompliziert sind.

Erneut schüttle ich den Kopf. Wenn er einverstanden ist, komme ich ihn besuchen, so bald es mir möglich ist. Bestimmt wird es nicht einfach, Kontakt zu halten.

Aber ich möchte das zwischen uns nicht überstürzt abschließen. Im Moment würde sich das falsch anfühlen.

Weil ich aktuell kein Bedürfnis danach habe , korrigiere ich.

Das kann sich schnell ändern.

Hör mal. Das mit uns

Aus Richtung des Bettes ist ein Rascheln zu hören. Niklas Kopf fährt herum. Sein besorgter Blick fixiert die Decke, die sich leicht bewegt.

Sofort springt er auf und eilt zu Ben. Na, Langschläfer? , neckt er mit zärtlichem, ruhigem Tonfall. Seine Beunruhigung lässt er sich fast gar nicht anmerken. Wie fühlst du dich?

Komisch , antwortet Ben. Seine Stimme klingt kratzig.

Von meiner Position aus kann ich ihn nicht erkennen. Sein Kopf versteckt sich unter einem riesigen Berg weißer Wäsche. Ich wage nicht, mich zu bewegen oder näher zu treten. Erst soll Niklas klären, wie es Ben geht.

Hast du Schmerzen? , fragt Niklas weiter.

Mein Kopf tut ein bisschen weh, aber sonst geht s. Ich bin nur noch ganz wenig müde. Wieder raschelt die Bettdecke. Bens Haarschopf ist zu erkennen.

Schlaf lieber nicht wieder ein. Erst soll ein Arzt dich untersuchen.

Kannst du dich dann noch kurz zu mir kuscheln? , bittet er verschlafen.

Tut mir leid. Das funktioniert in dem Bett nicht.

Ben sieht sich um. Wo sind wir? Dann entdeckt er mich. Hallo Jakob. Ist das dein Zimmer? Du solltest die Wände streichen.

Das würde ich, wenn ich hier drin leben müsste , sage ich. Aber das hat das Krankenhaus verbrochen.

Ach ja! Sein Blick wird klarer. Kann ich Buntstifte haben? Dann kann ich die Wände verschönern.

Niklas lacht ungläubig auf. Er wirft einen kurzen Blick über seine Schulter. Erleichterung ist ihm ins Gesicht geschrieben. Seine Mundwinkel sind immer noch zu einem Lächeln gehoben. Seine Augen blitzen amüsiert.

Das Kribbeln in meiner Magengrube, das dieser Anblick bei mir auslöst, kommt völlig überraschend. Ich blinzle, versuche zu verstehen, warum ich mich plötzlich so schwerelos, so völlig sorglos fühle. Natürlich bin ich froh, dass es Ben gut zu gehen scheint und er ansprechbar ist. Aber das Gefühl, das da gerade mein Herz zusammenpresst, süßen Schmerz durch meinen Körper rasen lässt und mich gleichzeitig glücklich macht, muss einen anderen Grund haben. Einen, der mit Niklas zusammenhängt.

Verdammt auch! Ich habe mich in ihn verknallt. Wann ist das denn passiert? Und wie zum Geier komme ich aus dieser Nummer wieder raus?

Nein, das ist nicht die Frage, die mich wirklich beschäftigt. Vielleicht bin ich bisher nicht der Beziehungstyp gewesen. Ich habe auch noch niemals jemanden wie Niklas kennengelernt. Jetzt, da von meiner Seite Gefühle im Spiel sind, will ich mich nicht davor verstecken. Stattdessen möchte ich herausfinden, wohin uns diese Reise führen könnte. Dass Niklas alleinerziehender Vater ist, macht die Angelegenheit vielleicht komplizierter, doch dieses Detail schreckt mich nicht ab. Ben ist ein ziemlich cooles Kind. Es macht Spaß, Zeit mit ihm zu verbringen. Bestimmt reicht so ein Junge aus, um keine Langeweile aufkommen zu lassen.

Kurz gesagt, ich bin mir sicher, die Herausforderung annehmen zu wollen. Ich bin bereit, meinem Herzen zu folgen. Aber was empfindet Niklas? Es bestehen keine Zweifel daran, dass er sich zu mir hingezogen fühlt. Geht die Faszination allerdings über das Körperliche hinaus? Wie kann ich das möglichst schnell klären?

Was sagst du dazu, Jakob? , fragt mich Ben und sieht mich mit erwartungsvollem Blick an.

Ähhhhh

Ich glaube, Jakob ist sprachlos, dass du schon wieder ans Essen denken kannst. Niklas grinst mich an. Oder bist du schockiert, weil er in der Lage ist, nur Sekunden nach dem Aufwachen so schnell zu reden?

Lächelnd zucke ich mit den Schultern. Vielleicht eine Mischung aus beidem. Ich bin wirklich froh, dass mit Ben alles in Ordnung ist. Das hat mich wohl vor Freude erstarren lassen. Was habe ich verpasst?

Niklas betrachtet mich aufmerksam. Was er wohl denkt, was tatsächlich mit mir los ist? Bestimmt hat mein Verhalten einen seltsamen Eindruck bei ihm hinterlassen. Wenn er jetzt denkt, ich wäre von der Situation überfordert, schlägt er bestimmt gleich vor, ich solle verschwinden.

Ich werde ein paar Spiele besorgen , biete ich hastig an. Sieht aus, als wäre Ben bereits langweilig. Seid ihr eher Brettspieler, oder wäre ein Bagger besser? Blödsinn. Für Brettspiele ist Ben wohl noch zu klein. Also irgendwelche Fahrzeuge. Ich springe auf.

Tatsächlich wollten wir dich losschicken , erklärt Niklas und runzelt die Stirn. Wenn es dir nichts ausmacht

Nein, kein Problem.

Okay, aber dann verschieben wir das mit dem Spielzeug auf später und ich hole Ben etwas zu essen.

Der Junge zieht eine Grimasse. Mein Magen knurrt schon lauter als ein Grizzlybär.

Wie dämlich von mir! Beinahe greife ich mir an den Kopf. Hunger! Klar. Kein Problem. Ich habe dir Brötchen mitgebracht.

Vielleicht könntest du im Schwesternzimmer Bescheid sagen, dass Ben jetzt munter ist , bittet Niklas.

Wird erledigt. Ich grinse dämlich. Bin gleich zurück.

Sobald ich auf den Gang trete, hole ich erst einmal tief Luft. Reiß dich zusammen, befehle ich mir. Du machst dich noch zum Affen, weil du so nervös bist.

Aber wie soll ich auch mit den unerwarteten Gefühlen für Niklas umgehen? Im Moment bin ich völlig überfordert.

Also tue ich, was mir aufgetragen worden ist. Ich suche das Schwesternzimmer und informiere über Bens Zustand. Eine der Schwestern verspricht, sofort nach einem Arzt zu rufen. Mich schickt man zurück ins Krankenzimmer.

Hast du noch etwas anderes zu essen mit? , fragt Ben in meine Richtung.

Magst du Salami und Käse nicht?

Auf einer Pizza schon. Aber auf einem Brötchen?

Ich schmunzle vor mich hin. Schön. Dann hätte ich hier noch eines mit Schinken und Gurken.

Wenn du die Gurke rausnimmst, esse ich es.

Niklas sendet ihm einen strengen Blick. Sei nicht undankbar, sondern froh, überhaupt so schnell etwas zu bekommen.

Ja, ich weiß. Bens Blick fängt meinen. Danke, dass du mir etwas mitgebracht hast. Bringst du uns wieder nach Hause?

Wir müssen noch hierbleiben , erklärt Niklas. Die Nacht über werden die Krankenschwestern auf dich Acht geben, falls dir plötzlich schlecht wird oder du Kopfschmerzen bekommst. Aber morgen können wir bestimmt wieder heimgehen.

Ben wirkt über die Aussicht nicht gerade glücklich. Er sieht mich fragend an. Und du? Bleibst du auch?

Langsam nicke ich. Wenn du magst. Und wenn dein Papa einverstanden ist.

Er ist bestimmt genauso froh wie ich, dass du hier bist.

Im Moment bin ich diesbezüglich nicht so sicher. Ich warte auf eine Reaktion von Niklas. Wenn er mich loswerden will, werde ich ihm mitteilen, wie ich mich fühle.

Ein Muskel an Niklas Kiefer zuckt. Dann nickt er.

Erleichterung flutet meinen Verstand und schiebt für ein paar Sekunden die Sorge zur Seite, ich könnte Niklas lästig sein.

Die Tür öffnet sich. Ein Arzt untersucht Ben, ist mit seinem Zustand zufrieden und hat aufmunternde Worte für Niklas parat. Und dann beginnt das wohl seltsamste Date meines Lebens.

Aber ich will jetzt wirklich nach Hause , nörgelt Ben.

Niklas hebt ihn vom Bett. Der Arzt möchte dich noch einmal untersuchen. Dann werden wir erfahren, wie lange wir bleiben müssen. Gedulde dich ein paar Minuten.

Okay. Hauptsache, ich kann dann noch mit Jakob spielen. Ben läuft zu mir an den Tisch, auf dem ein Puzzle darauf wartet, von uns fertiggestellt zu werden. Sein Interesse ist allerdings bereits wieder gewandert. Er holt eine neue Box aus der riesigen Tasche, die unter dem Tisch steht. Ich zeige dir das Spielzeug, das ich vom Christkind bekommen habe. So schade, dass Papa nicht alles einpacken konnte.

Du kannst allerdings nicht behaupten, er hätte es nicht versucht. Ich habe gelacht, als Niklas von seinem Abstecher in ihre Wohnung zurückgekehrt ist. Eigentlich hatte er nur Wechselkleidung holen wollen. Dann hat er jedoch eine Tasche voller Spielzeug präsentiert. Das ganze Zeug hat Ben vielleicht eine Stunde lang beschäftigt. Danach hat er zu jammern begonnen, sein Vater hätte die wichtigsten Sachen vergessen.

Wenn wir endlich gehen dürfen, begleitest du uns dann? , fragt Ben. Ich möchte soooo gern den Rest mit dir spielen.

Bestimmt hat Jakob noch andere Sachen zu erledigen , wirft Niklas ein. Vermutlich hat er sich mit seinen Freunden verabredet. Wir können froh sein, dass er uns so lange Gesellschaft geleistet hat.

So schnell wird er mich nicht los. Ich stehe auf und gehe auf ihn zu, bevor mir klar wird, dass das seine Abwehr vermutlich noch verstärken würde. Ich müsste nur einen oder zwei Termine verschieben. Dann habe ich den ganzen Tag Zeit für euch.

Ben läuft zu mir und schlingt die Arme um meine Beine. Wie toll!

Moment mal   Niklas räuspert sich. Du kannst nicht erwarten, dass Jakob alles stehen und liegen lässt, um mit dir zu spielen.

Das habe ich gerade selbst entschieden , stelle ich fest.

Die Nacht ist ziemlich unruhig verlaufen. Wir haben das zweite Bett für Niklas dicht an Bens geschoben. Ich habe auf einem der Stühle geschlafen. Eigentlich ist meine Anwesenheit nicht erlaubt. Nachdem Ben mit seinen großen Kinderaugen jedoch die Krankenschwester angebettelt hat, mich bleiben zu lassen, hat sie zum Glück eine

Ausnahme gemacht. Den Großteil der Nacht habe ich die beiden einfach nur beobachtet. Die Verbindung zwischen ihnen ist jede Sekunde spürbar gewesen. Es war schön, eine Zeitlang Teil davon zu sein, auch wenn ich hauptsächlich nur dafür zuständig war, Niklas kurze Verschnaufpausen zu verschaffen.

Niklas sieht mich jetzt mit einem unglücklichen Ausdruck in den Augen an. Stört es ihn, dass ich mit ihnen mitkomme? Will er mich nicht an seiner Seite haben? Ich möchte mit ihm reden. Am liebsten ungestört. Da das nicht möglich ist, nehme ich, was ich kriegen kann. Und wenn es nur ein paar Minuten zwischen Tür und Angel sind, in denen ich ihn bitten kann, mich nicht sofort abzuschreiben, wenn ich aus der Stadt verschwinde.

Ich hebe meine Mundwinkel zu einem einladenden Lächeln. Vielleicht können wir uns einen Kuss stehlen, während Ben etwas aus seinem Zimmer holt. Oder ein wenig fummeln, sobald Ben sich ausruht

Vielleicht kann Jakob für eine Stunde mit zu uns kommen , sagt Niklas. Dann kannst du ihm die wichtigsten Spiele zeigen. Den Rest heben wir uns für irgendwann später auf.

Später? Wann genau? Wenn ich im Winter wiederkomme und voller Hoffnung an seine Tür klopfe? Vielleicht hat er mich bis dahin längst vergessen. Nur ich werde wohl mit sehnsüchtigem Herzen in Erinnerungen schwelgen.

Eine Stunde , wiederholt Niklas. Dann hat Jakob die Möglichkeit, noch etwas für seine Abreise vorzubereiten, und muss sich nicht von uns gedrängt fühlen, seinen ganzen Tagesablauf umzustellen.

Das tue ich nicht.

Außerdem musst du dich ausruhen, Ben , erinnert Niklas seinen Sohn. Das war ein verdammt aufregender Tag gestern. Wir müssen sicherstellen, dass du nicht doch eine Gehirnerschütterung davongetragen hast.

Diesem Argument habe ich nichts entgegenzusetzen.

Ben umklammert mich fester. Aber Jakob kann ja trotzdem bei uns bleiben. Ich verspreche auch, ganz brav Mittagsschlaf zu machen. Nur schick ihn nicht weg. Er will das doch gar nicht. Bitte, Papa.

Mir wird klar, welchen Eindruck mein Verhalten bei Ben hinterlassen hat. Ich möchte nicht, dass er wütend auf seinen Vater wird, weil der mir verbietet, Zeit mit ihm zu verbringen. Die beiden sind ein Team, zwischen das ich mich nicht drängen darf. Selbst wenn Niklas und ich doch noch eine Gelegenheit finden, uns in Ruhe zu unterhalten, und beschließen sollten, dem zwischen uns eine Chance einzuräumen, bin ich für Monate weg. Ich habe kein

Recht, einen Keil zwischen Niklas und seinen Sohn zu treiben. Er allein kann entscheiden, was das Beste für Ben ist.

Eine Zwickmühle. Denn mit Freuden wäre ich bereit, meinen Urlaubstag zu opfern, um die letzten Stunden zu nutzen. Übermorgen muss ich bereits aufbrechen. Der Job startet gleich am dritten Januar. Einen Tag brauche ich, um die Strecke hinter mich zu bringen und vor Ort alles vorzubereiten. Ich kann meinen Aufenthalt in der Stadt nicht verlängern. Mir läuft die Zeit zwischen den Fingern hindurch.

Eine Stunde ist doch lang genug , beschwichtige ich Ben und gehe in die Hocke, um auf Augenhöhe mit ihm zu sein. Wir werden so schnell spielen wie möglich. Dann schaffen wir bestimmt ein paar deiner Geschenke. Und wenn ich dann irgendwann zurückkomme, setzen wir unser Spiel fort.

Versprichst du mir das? Ben sieht mich voller Hoffnung an. Du besuchst mich, wenn du wieder da bist?

Ich nicke. Versprochen. Keine Sorge. Das werde ich auch nicht vergessen. Dazu mag ich dich viel zu gern. Und deinen Vater natürlich auch.

Erst zögere ich, doch dann suche ich Niklas Blick. Versteht er, was ich ihm sagen möchte? Ich bezweifle es. Wichtiger wäre ohnehin, zu wissen, wie er für mich empfindet. Aber das werde ich wohl heute nicht mehr klären können. Er wirkt nicht, als würde er von dieser Zeitbeschränkung abweichen, die er gerade aufgestellt hat.

8. Kapitel

Niklas

Wir wünschen dir eine gute Reise. Das Lächeln auf meinem Gesicht ist so falsch, dass es mir körperliche Schmerzen bereitet. Ich kann Jakob nicht ansehen, ohne ein Ziehen in meiner Brust zu verspüren. Gestern habe ich ihn von mir gestoßen, habe dafür gesorgt, dass ich ihm aus dem Weg gehen kann. Es wurde mir zu viel. Ich habe zu sehr genossen, ihn um mich zu haben. Das hat mir Angst eingejagt. Total verrückt, mich trotzdem nach ihm zu sehnen. Ich will ihn nicht gehen lassen, ohne mich richtig von ihm zu verabschieden.

Jetzt sitzt er hier auf meiner Couch, nachdem ich ihn auf eine heiße Schokolade eingeladen habe. Danke. Acht Stunden im Auto sind nichts, worauf ich mich freue.

Er wirkt übernächtigt. Ob er mit seinen Freunden Silvester gefeiert hat? Ob er um Mitternacht einen anderen Mann geküsst hat? Ben habe ich nicht bis zum Feuerwerk aufbleiben lassen. Wir haben in meinem Bett gekuschelt, bis er eingeschlafen ist. Das hat mir viel Zeit gegeben, auf Jakobs Junggesellenleben eifersüchtig zu sein.

Jakob hält den Becher zwischen seinen Händen, nimmt einen Schluck und lächelt schief. Ich denke, die Zeit im Schnee wird sicher amüsant. Der Kurs wird eine großartige Herausforderung. Ich sehe Kinder jetzt in einem anderen Licht. Er zwinkert Ben zu.

Das schnürt mir die Kehle zu. Morgen verschwindet er aus meinem Leben. Den Gedanken ertrage ich nicht. Dieser Moment ist die letzte Gelegenheit, noch irgendetwas zwischen uns zu klären. Ich könnte ihn bitten, uns tatsächlich noch einmal zu besuchen, sich wenn möglich noch einmal mit mir zu treffen.

Ben hält Jakob ein Blatt Papier entgegen. Ich weiß, was er gemalt hat. Jakob mit Ben und mir beim Eislaufen. Es ist ein hübsches Bild, das man auf den ersten Blick für eine Zeichnung von einer Familie halten könnte. Ben hat sich wirklich angestrengt. Doch ob Jakob überhaupt in der Lage ist zu erkennen, worum es sich genau handelt?

Ein wunderschönes Bild , lobt Jakob. Du hast die Schlittschuhe perfekt hinbekommen.

Stolz strahlt Ben ihn an. Nimmst du das mit dorthin, wo du jetzt hinfährst? Hängst du es dort auf?

Na klar. Damit ich mich dort nicht einsam fühle und immer an einen großartigen Ausflug erinnert werde. Obwohl ich sicher bin, dass ich auch ohne das Bild ganz oft an dich denken werde. Versprich mir, gut auf dich aufzupassen, ja? Keine nähere Bekanntschaft mehr mit fremden Radfahrern.

Um die mache ich ab jetzt einen großen Bogen. Ben grinst. Er setzt sich neben Jakob und schmiegt sich an ihn.

Mit einer Selbstverständlichkeit, die meinen Magen denken lässt, ich würde mit einer Achterbahn fahren, legt Jakob einen Arm um Ben und drückt ihn an sich.

Wann kommst du wieder? , fragt Ben.

Ich kann nicht genau sagen, wann ich Urlaub nehmen kann. Aber ich verspreche dir, ich werde mit deinem Papa in Kontakt bleiben und ihn fragen, ob ihr beide Zeit für mich habt, wenn ich mich loseisen kann.

Wir haben auf jeden Fall Zeit. Nicht wahr, Papa? Der hoffnungsvolle Ausdruck in Bens Augen könnte jeden Riesen in die Knie zwingen.

Mit einem Kloß im Hals nicke ich. Natürlich.

Jakob hebt den Kopf. Als unsere Blicke sich treffen, möchte ich zu ihm laufen, ihn am Kragen seines Shirts packen und zu einem Kuss hochziehen. Ich bin so was von geliefert. Offensichtlich habe ich den Verstand verloren und mich in einen Mann verliebt, der aus einer völlig anderen Welt kommt. Was soll aus uns beiden schon werden?

Vorgestern habe ich ihn ausgenutzt. In einem Moment, in dem ich mich schwach gefühlt habe, in dem ich dankbar für Hilfe gewesen bin, habe ich ihm eine Aufgabe zugeteilt, die unsere Beziehung verkompliziert hat. Die Zeit im Krankenhaus hat meine Gefühle für ihn verstärkt. Nun hat er einen Eindruck davon erhalten, wie mein echtes Leben aussieht. Dass er nicht schreiend geflüchtet ist, rechne ich ihm hoch an. Aber jetzt? Was soll jetzt aus meinem gebrochenen Herzen werden?

Schreibst du mir eine Karte? , bittet Ben.

Eine großartige Idee. Jakob löst den Blickkontakt. Antwortest du mir auch?

Ich kann doch noch nicht schreiben!

Jakob lacht. Das habe ich glatt vergessen. Du benimmst dich so erwachsen, dass ich dachte, du würdest längst in die Schule gehen.

Ben rempelt ihn mit der Schulter an. Du lügst doch!

Würde ich nie wagen. Jakob zwinkert. Dann hebt er seinen Becher an die Lippen und trinkt seine Schokolade aus. Als er den Becher senkt, bleibt ein Rest der Schokolade an seiner Oberlippe hängen. Seine Zunge schnellt vor und leckt ihn ab.

In meinem Magen kribbelt das Verlangen.

Vorsichtig schiebt Jakob Ben von sich und steht auf. Er hält mir den Becher entgegen. Ich sollte dann langsam. Ich will euch nicht länger stören.

Tust du nicht , stelle ich klar. Danke, dass du extra zu uns gekommen bist, damit wir uns verabschieden können. Ich wollte mit Ben nicht durch die ganze Stadt.

Kein Problem. Danke dir für die Schokolade. Vermutlich werde ich nie wieder etwas so Leckeres kosten dürfen. In seinem Blick entzündet sich ein Feuer. Es ist mehr als deutlich, dass er nicht nur an die Schokolade denkt.

Die Verlockung, ihn zu küssen, ist verdammt groß. Ich möchte ihm sagen, was ich für ihn fühle. Doch eine leise Stimme in meinem Ohr hält mich zurück. Sie erinnert mich daran, dass ich Jakob nichts als Chaos zu bieten habe.

Ich weiß zu schätzen, dass du mir vorgestern geholfen hast , plappere ich weiter. Und den ganzen Rest natürlich auch.

Jakobs Mundwinkel zuckt. War mir ein Vergnügen. Wenn du noch irgendetwas mit mir besprechen willst, ich wäre bereit dazu.

Spielt er auf das an, was ich denke? Oder bietet er mir etwas an, das ich nicht verstehe? Darf ich ihn kontaktieren, wenn ich jemanden zum Plaudern brauche? Oder gibt er mir die Chance auf etwas anderes?

Okay , sage ich wenig einfallsreich.

Sein Gesichtsausdruck bleibt einladend. Gut, dann würde ich mich jetzt auf den Weg machen. Außer, es gäbe einen Grund, aus dem ich noch bleiben soll.

Blinzelnd versuche ich meine rasenden Gedanken zu sortieren. Ich ich weiß nicht?

Was tue ich denn da? Warum lasse ich ihn gehen? Dieser Mann bedeutet mir etwas, und ich sehe zu, wie er verschwindet? Einfach so? Ich gebe niemals auf, ohne zu kämpfen. Für Dinge, dir mir wichtig sind, setze ich mich immer ein. Weshalb sollte ich es diesmal anders halten? Ich weiß, mein Leben ist kompliziert. Jakob könnte mit jemandem zusammen sein, der ihm eine unkompliziertere Beziehung bieten kann. Aber ich darf ihm die Entscheidung nicht abnehmen. Wieso sollte ich ihn gar nicht erst nach seiner Meinung fragen? Das funktioniert bloß nicht, solange Ben uns neugierig beobachtet.

Eine Sekunde , sage ich und hole mein Handy hervor. Ich wähle Sonjas Nummer. Als sie abhebt, platze ich sofort mit meiner Bitte heraus. Bist du zu Hause? Hast du

eine Viertelstunde Zeit, um auf Ben aufzupassen?

Klar, gerne auch eine Stunde , antwortet Sonja. Wie geht es dem kleinen Fratz
denn? Natürlich habe ich sie über den
Unfall informiert.

Er ist viel zu fit. Versuch ihn dazu zu
bringen, nicht zu viel Radau zu machen.

Sonja lacht. Ich tue mein Bestes, obwohl ich nicht weiß, ob das gut genug ist.
Wann schickst du Ben vorbei?

Sofort, wenn es geht. Es ist viel verlangt,
ich weiß

Schon okay. Ich schau gleich zur Tür
raus.

Wenn wir es eilig haben, machen wir es
immer so. Nachdem ich mich bei ihr be-
dankt habe, fordere ich Ben auf, sich ein
paar Spielsachen zu schnappen.

Ist Jakob noch da, wenn ich wiederkomme? , will Ben wissen.

Ich werde dafür sorgen , verspreche ich.
Dann trete ich auf den Gang und schiebe
Ben nach draußen. Ein paar Türen weiter
streckt Sonja ihren Kopf heraus. Ich winke
ihr zu und warte, bis Ben bei ihr angelangt
ist.

Und jetzt kann ich mich dem nächsten
Problem widmen.

Was ist denn los? , fragt Jakob von der
Couch aus, auf der er wieder Platz genommen hat. Du wirkst plötzlich so besorgt.

Das bin ich auch , gestehe ich und marschiere weiter, bis ich bei ihm angelangt bin. Gerade war ich dabei, etwas Dummes zu tun. Ich weiß, wie anstrengend mein Leben ist und wie abschreckend es auf dich wirken muss. Bestimmt hältst du mich für ziemlich langweilig und vorhersehbar. Du kannst etwas Besseres finden. Trotzdem möchte ich dir einen Vorschlag machen. Es ist okay, wenn du ihn ablehnst. Ich werde es nicht persönlich nehmen. Aber ich muss es wenigstens versuchen.

Jakob verschränkt die Arme vor der Brust. Sein Gesichtsausdruck verrät nichts, doch in seinen Augen entdecke ich ein Funkeln. Was es wohl zu bedeuten hat? Sonderlich amüsiert wirkt er nicht.

Jetzt bin ich gespannt , sagt er.

Und ich erst. Ich bin kurz davor, einen Rückzieher zu machen, weil ich seine Ablehnung befürchte. Unsicher beiße ich mir auf die Lippe und nehme noch einmal Anlauf. Mir ist bewusst, dass du nicht auf der Suche nach einer Beziehung bist. Das hast du bereits deutlich gemacht.

Er zuckt mit den Schultern. Zu meinen wirren Ausführungen gibt er keinen Kommentar ab. Vermutlich fragt er sich, was ich überhaupt von ihm will.

Keine Ahnung, wie es funktionieren soll. Ich würde gern mit dir gemeinsam nach einer Lösung suchen. Also, wenn du Interesse daran hast. Ich meine, ich würde akzeptieren, wenn dir das Ganze zu viel ist. Natürlich erwarte ich nicht, dass du irgendeine Verantwortung übernimmst. Ben hat mit dieser Sache nichts zu tun. Das alles geht nur uns beide etwas an. Ich verlange diesbezüglich nichts von dir. Keine Sorge

Ja , unterbricht mich Jakob.

Noch hast du meinen Vorschlag nicht gehört , erinnere ich ihn etwas irritiert. Du weißt noch gar nicht

Ja. Zu was auch immer du bereit bist.

Aber   Perplex sehe ich ihn nur an.

Ein Lächeln erscheint auf seinem Gesicht. Er steht auf und schlingt seine Arme um meine Taille. Vielleicht sollte ich meine Zusage etwas einschränken. Ja dazu, unsere Affäre nicht an diesem Punkt abzubrechen. Ja dazu, uns möglichst bald wiederzusehen. Ja dazu, uns näher kennenzulernen, sehr viel näher. Ja dazu, das zwischen uns exklusiv zu machen. Und definitiv ja dazu, dich jetzt sofort zu küssen.

Mein Blick wandert zu seinen Lippen. Vielleicht sollten wir das zuerst erledigen. Sonst muss ich die ganze Zeit daran denken und kann mich nicht konzentrieren.

Er lacht heiser auf, zieht mich näher zu sich. Dann küsst er mich, sanft und voll unausgesprochener Versprechungen. Die Welt schmilzt zu diesem Moment, zu diesem Ort zusammen.

Ich lasse mich in diesen Kuss fallen, genieße die langsam zwischen uns anwachsende Spannung. Genau das ist es, worauf ich gehofft habe. Und jetzt, da es sich zum Greifen nah vor mir befindet, wird mein Herz mit Glück geflutet. Ich weiß, das mit uns wird perfekt. Wir müssen nichts überstürzen. Wir haben Zeit. Auch wenn wir uns vorübergehend trennen müssen, wird es ein Wiedersehen geben.

Wie? Wie werden wir es tun? Nach diesen Worten küsse ich jeden Zentimeter seines Gesichts, den ich erreichen kann. Mein wundervoller Rotschopf. Sein Bart ist weich, streichelt meine Lippen, bis sie prickeln.

Willst du etwas Neues ausprobieren? Er lacht leise, stöhnt, als meine Zunge über die Stelle unter seinem Kinn leckt. Seine Hand legt sich auf meinen Po, drückt zu.

Gar nicht so leicht, meine Gedanken dazu zu bringen, bei der Sache zu bleiben. Das meine ich nicht. Das mit uns. Wann kommst du zurück?

Sobald ich den Job als Skilehrer beendet habe. Danach habe ich fünf Wochen Urlaub. Ich habe schon einige Dinge geplant, aber ich werde das meiste davon absagen können. Seine freie Hand streicht über meine Brust.

Mein Herz schlägt bei dieser Berührung schneller. Ich werde mir nicht freinehmen können. Trotz meiner Arbeit will ich jede Minute meiner Freizeit mit dir verbringen. Ben ist aber auch noch da.

Jakobs Gesichtsausdruck wird ernst. Seine Hand liegt direkt über meinem Herzen. Natürlich. Er gehört zu dir. Ich will das ganze Paket.

Sonja ist bestimmt bereit, ein paar Stunden auf Ben aufzupassen. Wir werden uns Zeit zu zweit freischaufeln. Solange nicht sicher ist, wie sich das zwischen uns beiden entwickelt, soll Ben nichts von von

Von unserer Beziehung erfahren , hilft Jakob aus. Ich verstehe deine Überlegung. Wir haben das Frühjahr. Im Sommer könnt ihr mich besuchen kommen. Im Herbst bin ich ohnehin wieder in der Stadt. Eigentlich hatte ich geplant, wieder Christbäume zu verkaufen, bevor ich erneut durch die Lande ziehe. Aber vielleicht ist es dann an der Zeit, sesshaft zu werden.

Wie meinst du das?

Ich glaube, ich könnte mir einen festen Job hier in der Stadt suchen.

Das wäre wunderbar. Es ist das, was ich mir auf Dauer erhofft habe. Du wirst es hassen. Bestimmt bist du innerhalb kürzester Zeit gelangweilt.

Jakob zuckt mit den Schultern. Sollte das der Fall sein, überlege ich mir etwas anderes.

Du wirst dich ärgern, meinetwegen deine Freiheit aufgegeben zu haben.

Ich mache das nicht nur für dich , stellt er klar. Langsam komme ich in ein Alter, in dem ich an die Zukunft denken muss. Ich kann nicht für immer von Job zu Job reisen, nur um meinen Abenteuerdrang zu befriedigen. Irgendwann brauche ich auch eine stabile Basis. Mein Herz sehnt sich nach jemandem, der mein Anker ist. Vielleicht habe ich ihn gefunden.

Ein Lächeln, das bestimmt dämlich aussieht, schiebt sich auf mein Gesicht.

Ben ist wirklich ein tolles Kind , fährt er fort. Ich verbringe gern Zeit mit ihm. Möglicherweise gelingt es ihm, mir meine Ruhelosigkeit auszutreiben.

Ben? Ich hebe eine Augenbraue.

Natürlich, wer denn sonst? Du bist nur das Sahnehäubchen obendrauf. Er lacht auf und küsst mich. Wir werden sehen, was auf uns zukommt. Ich kann nichts versprechen. Vielleicht bekomme ich irgendwann Panik. Möglicherweise werde ich irgendwann von Zweifeln geplagt. Aber wir machen einfach einen Schritt nach dem anderen.

Das klingt gut. Ich lege meine Hand an sein Gesicht. Wir haben es nicht eilig. Ich verlange nichts von dir. Lass uns einfach ehrlich miteinander sein. Unter Umständen unter Umständen stellen wir fest, gar nicht zueinander zu passen.

Er runzelt die Stirn. Hältst du das für möglich?

Gern würde ich verneinen, doch so unwahrscheinlich ist das nicht. Ich bin nicht so naiv zu glauben, bislang genug von ihm gesehen zu haben, um mit endgültiger Sicherheit einen Reinfall ausschließen zu können. Aus dem Alter bin ich längst heraus.

Ich glaube nicht, dass es irgendwelche Garantien im Leben gibt , sage ich stattdessen. Das wird uns nicht daran hindern, dem Schicksal notfalls auf die Sprünge zu helfen.

Ich mag deine positive Einstellung. Er lehnt sich zu mir und küsst mich.

Das Blut fließt bittersüß langsam durch meine Adern. Doch als Jakob den Kuss vertieft, erhitzt es sich überraschend schnell. Hungrig klammere ich mich an ihm fest und reibe mich an ihm. Hastig streife ich mir das Shirt ab und helfe Jakob dabei, auch seines loszuwerden, damit unsere nackte Haut endlich aufeinandertrifft.

Wie lange ist Ben weg? , fragt Jakob an meinen Lippen. Ich liebe das Geräusch, mit dem sein Bart dabei über meine Stoppeln reibt.

Eine Stunde , gebe ich zurück und nestle an seiner Hose. Zwei Sekunden später rutscht sie Richtung Boden.

Jakob schlüpft aus seinen Schuhen, steigt aus der Jeans und kickt sie zur

Seite. Dann öffnet er meine Hose. Quickie auf der Couch?

Auch wenn er es nicht ausspricht, ahne ich, wonach er sich wirklich erkundigt. Wir befinden uns in der Wohnung, in der ich mit Liam gelebt habe. Das Bett im Eltern-schlafzimmer habe ich mir mit meinem Ehemann geteilt. Er möchte wissen, ob er dort erwünscht ist. Dass er daran denkt, bedeutet mir unglaublich viel.

Ich höre auf mein Herz und schüttle den Kopf. Eine Dreiviertelstunde bleibt uns noch. Zeit genug, um es uns im Bett ge-mütlich zu machen.

Dieser Moment kann einen neuen Le-bensabschnitt einläuten. Ich bin bereit für einen Neuanfang. Liam werde ich niemals zur Gänze hinter mir lassen. Er wird im-mer ein Teil von mir sein. Doch Jakob stellt meine Chance auf neues Glück dar. Und daran werde ich mich mit all meiner Kraft krallen.

Mit festem Griff schnappe ich mir Ja-kobs Hand und ziehe ihn Richtung Schlaf-zimmer. Schritt für Schritt in ein riesiges Abenteuer.

9. Kapitel

Niklas

Eigentlich wollte ich eine Edeltanne kaufen , überlege ich und betrachte das Ding von allen Seiten. Diese Fichte ist ganz schön, aber ich habe gehört, die halten nicht so lange wie Tannen.

Der Verkäufer sieht mich mit einem nichtssagenden Lächeln an. Dafür sind die Fichten jetzt im Angebot.

Ben zupft an meinem Ärmel. Seine Stirn ist gerunzelt. Wir nehmen doch nichts, nur weil es billig ist, oder, Papa?

Nein, das tun wir nicht. Ich zwinkere ihm zu. Dann wende ich mich dem Mann zu, der sich auf uns gestürzt hat, sobald wir den Platz mit den Christbäumen betreten haben. Danke für Ihre Beratung, aber wir sehen uns erst mal allein um.

Weißt du noch, wie wir vor einem Jahr einen Baum kaufen wollten? , fragt Ben. Da haben wir eine Edeltanne ausgesucht.

Ich nicke. Ein Grinsen schiebt sich auf meine Lippen. Damals haben wir Jakob kennengelernt.

In Bens Augen tritt ein Leuchten. Gut, dass wir nicht den erstbesten kleinen Baum genommen haben. Dafür hätte ich mir eine riesige Belohnung verdient. Ich sollte jeden Tag Eis oder Schokolade satt kriegen.

Du bekommst jeden Tag etwas zu naschen. Worüber beschwerst du dich?

Pft. Ich meine ja nur, dass ich immer für jede Kleinigkeit Danke sagen muss. Aber von dir darf ich nichts als Gegenleistung verlangen.

Gegenleistung wofür? Ich greife nach Bens Hand, um ihn weiterzuziehen. Warum können wir uns nicht auf die Schnelle für einen Baum entscheiden und uns dann auf den Weg nach Hause machen?

Dafür, dass Jakob uns meinetwegen nach Hause gebracht hat. Er grinst hoch zu mir. Und weil ich extra am nächsten Tag zu ihm ausgebüxt bin. Und weil ich mich von einem Fahrrad anfahren lassen habe

Sag nicht, das wäre auch Absicht gewesen.

Ein schöner Zufall , behauptet dieses Kind, dank dem mir bereits graue Haare wachsen.

Ich schüttle den Kopf und deute auf einen Baum. Wie wäre es mit dem da?

Ben zieht eine Grimasse. Schon wieder so ein kleines Ding! Der da ist besser.

Nicht schon wieder diese Diskussion. Dieser Baum passt nicht in unser Wohnzimmer. Du weißt doch, unsere Decken sind nicht so hoch wie in einem Schloss.

Aber der ist schön!

Klar, total schön. Trotzdem haben wir dafür nicht genügend Platz. Wir suchen einen anderen aus, in Ordnung? Ich schlendere weiter. Es muss hier ja ein System geben. Vermutlich sind die Bäume nach Größe oder nach Baumart sortiert. Bestimmt finde ich die richtige Abteilung für die Christbäume, die wir gern hätten.

Der! Ben zeigt auf eine drei Meter hohe Fichte.

Ich verdrehe die Augen. Bestimmt nicht.

Und der? Das Exemplar, auf das seine Wahl gefallen ist, überragt mich um einen halben Meter.

Besser , gestehe ich. Aber immer noch zu groß. Und sonderlich hübsch finde ich ihn auch nicht. Siehst du, wie viel Abstand zwischen den Astreihen ist?

Da kann man leichter Kugeln aufhängen.

Zweifelnd sehe ich den Baum an. Ist unser Schmuck vom letzten Jahr gewachsen? Wenn nicht, könnten wir zwei Kugeln untereinander hängen.

Er zuckt mit den Achseln. Warum nicht? Wir können auch noch passende Sachen basteln. Im Kindergarten haben wir gelernt, wie man Papiersterne macht.

Vielleicht nehmen wir das für nächstes Jahr in Angriff. Bis Weihnachten ist nicht mehr viel Zeit. Ich erspähe einen Baum, der nicht zu groß wirkt, schön gewachsen ist und dessen Nadeln sich angenehm anfühlen. Kann ich dich für den begeistern?

Ben setzt eine Miene auf, die ihm wohl das Aussehen eines Fachmanns geben soll. Ganz hübsch. Einverstanden.

Kommt gar nicht infrage, dieses schreckliche Ding zu nehmen , beschwert sich jemand hinter uns. Da steht zwar Nordmanntanne drauf. Aber das ist sehr schlechte Qualität. Glaub einem erfahrenen Christbaumverkäufer.

Ich wirble zu der Stimme herum und strahle Jakob an. Du bist da!

Er kommt näher, bleibt vor mir stehen und küsst mich sanft. Die Verspätung tut mir leid. Mein Boss wollte noch etwas besprechen.

Wie lief die erste Woche? , erkundige ich mich.

Bevor Jakob antworten kann, wird er von Ben umgerannt. Na endlich. Papa hat die Sache nicht im Griff.

Mein tadelnder Blick bringt Ben nur zum Grinsen.

Jetzt bin ich ja da, um das Schlimmste zu verhindern. Er drückt Ben an sich. Sein Blick fängt meinen. Die Arbeit macht Spaß. Meine Kollegen sind nett. Ich muss mich nur noch daran gewöhnen, ständig hinter dem Schreibtisch zu sitzen.

Du kannst dich ja im Frühling auf die Suche nach einem Sommerjob machen , schlage ich vor, weil mich das schlechte Gewissen quält. Jakob fühlt sich eingesperrt, und das nur, weil er mir zuliebe einen festen Job angenommen hat. Ich wusste, irgendwann würde ihm das zu langweilig werden. Allerdings hatte ich gehofft, es würde etwas länger dauern.

Jakob schüttelt den Kopf. Nicht notwendig. Ich habe schon angesprochen, gern auch hin und wieder in den Außendienst zu wollen. Mein Boss hat gemeint, er würde sich etwas überlegen. Bestimmt finden wir eine Lösung.

Das klingt großartig!

Ich liebe es dort. Wirklich eine tolle Idee von dir, dass ich mich bei einem Sportfachgeschäft bewerben soll. Er verdreht die Augen voller Verzücken. All die großartigen Geräte. Ich darf alle ausprobieren, um die Kunden beraten zu können. Ehrlich mein absoluter Traumjob. Und demnächst soll es sogar eine Fortbildung geben. Wir besuchen eine Messe, bei der die neusten Sportgeräte vorgestellt werden.

Dafür ist hoffentlich mehr als ein Tag eingeplant. Ich kann mir vorstellen, dass man dich am Abend dort raustragen muss.

Ach, ich bin gar nicht so sportsüchtig, wie du tust , behauptet Jakob.

Ich hebe einen Mundwinkel. Du meinst, du könntest irgendwann damit zufrieden sein, mit Ben und mir auf der Couch herumzuliegen und nichts zu tun?

Nichts ist unmöglich, wenn man es unbedingt möchte.

Er sieht mich mit so viel Liebe an, dass mir ganz schwindelig wird. Zeit, endlich einen Baum auszuwählen und nach Hause zu kommen. Leider ist es noch zu früh, um Ben ins Bett zu schicken, aber wenn der endlich in seinem Zimmer ist und wir ungestört sind, will ich den Ausdruck noch einmal in Jakobs Augen sehen. Am liebsten, während ich sein bestes Stück verwöhne.

Papa, warum schaust du so seltsam?

Ich räuspere mich und sehe zu Ben hinunter. Tut mir leid. Ich war in Gedanken.

Hoffentlich den gleichen wie ich , sagt Jakob. Er leckt sich die Lippen. Für heute Abend hätte ich nämlich schon ein paar Ideen.

Welche meinst du? , erkundigt sich Ben.

Na, ich spreche natürlich von einer Tasse heißer Schokolade, sobald wir mit dem Aufputzen des Baums fertig sind. Jakob zerwuschelt Bens Haar. Wehe, du drückst dich vor der Aufgabe. Dann gibt es auch keine Belohnung.

Ben schnaubt. Wäre nicht das erste Mal. Ich habe vorhin schon versucht, Papa klarzumachen, dass er mir etwas schuldig ist.

Jakob sieht mich neugierig an. So? Womit hättest du dir das denn verdient?

Er ist der Meinung, er hätte uns verkuppelt , erzähle ich. Mein Sohn behauptet, wenn er sich nicht so einen großen Baum gewünscht, am nächsten Tag keinen Abstecher zu dir gemacht und sich danach anfahren lassen hätte, wären wir beide nicht zusammen.

So habe ich das nicht gesagt , wehrt sich Ben. Aber natürlich hast du Recht.

Mein Mund klappt auf und wieder zu. Wo kommt dieser freche Zug her? Ben war noch niemals sonderlich zurückhaltend. In letzter Zeit wirkt er allerdings selbstbewusster, zufriedener, naseweiser. Ich fürchte, ich weiß, wem ich diese positive und gleichzeitig beängstigende Entwicklung zu verdanken habe.

Mein tadelnder Blick trifft Jakob. Du bringst ihm die falschen Dinge bei.

Jakob zuckt mit den Schultern. Kommt darauf an, was er einmal aus seinem Leben machen will.

Als Stand-up-Comedian wird er bestimmt eine große Nummer , witzle ich.

Ich sehe seine Zukunft eigentlich nicht in der Unterhaltungsindustrie. Vielmehr dachte ich, er könnte irgendwann wie ich in die Sportindustrie gehen. Wir könnten im Sommer damit starten, ein paar Extremsportarten ausprobieren.

Fassungslos reiße ich die Augen auf. Kommt gar nicht infrage! Beim Wort *extrem* lege ich Veto ein.

Der Mann, den ich liebe, grinst. Okay, dann mache ich die extremen Sachen eben mit dir. Schon mal an Bungeejumping gedacht?

Bestimmt nicht. Viel zu gefährlich. Und Ben macht so was auch erst, wenn ich blind bin und das nicht mehr mit ansehen muss. Ich funkle Jakob an, der frech grinst.

Können wir uns jetzt einen Baum aussuchen? , nörgelt Ben. Mir wird langsam kalt. Ihr könnt euch ja daheim weiterstreiten.

Kluge Überlegung , gebe ich zu. Lassen wir doch den Profi aussuchen, welchen Baum er für den richtigen hält.

Ha! Endlich ein wenig Bestätigung. Jakob nimmt uns mit auf eine Runde durch die Baumreihen.

Während er zwei Exemplare näher überprüft, greife ich Bens Hände. Die Augen meines Sohnes verfolgen aufmerksam, was

Jakob tut. Ich meine sogar, Bens Ohren wachsen zu sehen, damit er keinen der Kommentare verpasst, die Jakob abgibt. Wenn das mit der Extremsportkarriere oder der Comedy nichts wird, kann er sich bestimmt als Christbaumverkäufer versuchen.

Schließlich ist Jakob mit einer Tanne zufrieden und wir können bezahlen. Etwas ratlos sehe ich das in ein Netz gewickelte, grüne Ungetüm an. Und du bist dir sicher, dass das in die Wohnung passt?

Notfalls schneide ich unten fünf Zentimeter weg. Alles kein Problem. Jakob macht eine wegwerfende Handbewegung.

Ben und ich sehen uns an und grinsen. Und wie kriegen wir das jetzt nach Hause? , frage ich.

Ich nehme euch natürlich in einem Lastwagen mit. Ich habe ihn mir von meinem ehemaligen Boss geholt. Diesmal habe ich sogar einen Kindersitz dabei. Den habe ich mir extra ausgeliehen. Bekomme ich dafür meine heiße Schokolade heute schon? Er lächelt mich treuherzig an und bringt damit mein Herz zum Hüpfen.

Dann nichts wie los. Ich will dich schließlich nicht unnötig auf deine Belohnung warten lassen.

Fünf Zentimeter, ja? Lachend rolle ich mich auf Jakob. Bist du beim Schätzen von Längen immer so schlecht?

Wir haben den untersten Ästekranz der Tanne wegschneiden und den Stamm absägen müssen. Auch so endet der Baum so dicht unter der Decke, dass es unmöglich ist, eine Christbaumspitze draufzusetzen. Was für ein Glück, dass Jakob letztes Jahr richtig gelegen hat. Ich hätte ihn sonst vielleicht für einen Aufschneider gehalten.

Das ist der erste Baum, den ich gekauft habe , wehrt sich Jakob. Er schlingt seine Arme um meinen Hals. Ich wollte Ben eine Freude machen und habe es übertrieben.

Lass das besser nicht zur Gewohnheit werden. Sonst nutzt er dich schamlos aus. Jetzt, da du einen festen Job in der Stadt hast und nicht mehr durch die ganze Welt ziehst, ergibt sich dazu vielleicht öfter die Gelegenheit.

Er schnurrt leise, lässt sein Becken kreisen. Das hoffe ich sehr. Ich freue mich auf dieses Weihnachten als Familie.

Einen Augenblick wird mir die Luft mit solcher Kraft aus den Lungen gepresst, dass mir schwindelig wird. Ich atme tief ein, ringe um Beherrschung.

Als Familie.

Ich vermisse Liam, werde in Momenten des Glücks immer auch an ihn denken. Es spielt keine Rolle, wie sehr ich Jakob liebe, wie intensiv ich seine Nähe genieße, wie großartig meine Umwelt auf den neuen Mann an meiner Seite reagiert hat. Liam wird immer mein Ehemann bleiben.

Trotzdem finden wir langsam zu dritt in einen Rhythmus. Wir wachsen zusammen, Tag für Tag ein wenig mehr. Ich kann mich glücklich schätzen, noch einmal jemanden in meinem Leben zu haben, der mein Herz schneller schlagen lässt. Jakob mag auf den ersten Blick nicht wie ein Mann wirken, der bereit ist, seine Freiheit für eine Familie aufzugeben. Dennoch verbringt er seine Freizeit mit uns, ist meinem Sohn ein guter Freund.

Das hier ist wirklich ein Geschenk des Himmels.

Du machst mich zu einem glücklichen Menschen , sage ich heiser. Ich bin wahnsinnig in dich verschossen.

Na, Gott sei Dank. Wäre ganz schön enttäuschend, wenn es nur mir allein so gehen würde. Jakob schickt mir ein strahlendes Lächeln. Übrigens, was meine fehlerhafte Einschätzung betrifft: Darf ich einen Tipp eine bestimmte Länge betreffend abgeben und sie dann abmessen?

In meinem Magen kribbelt es. Welches Testobjekt schwebt dir da vor?

Ein samtig-hartes, verlockendes, leckeres Ding.

Du meinst den Umfang der Creme Brûlée, die sie in dem wundervollen Restaurant anbieten, in das du mich kürzlich eingeladen hast? Ich grinse frech.

Ich führe dich eigentlich gern aus. Aber du musst dieses Spiel ernst nehmen. Sonst zeige ich dir persönlich, was ich wirklich meine.

Mit einem theatralischen Seufzen lasse ich mich zur Seite fallen und verdrehe die Augen. Wenn es sein muss.

Na warte. Ich werde dir deine Frechheiten schon noch austreiben. Jakob schiebt sich über mich. Er küsst mich voller Leidenschaft.

Meine Augen schließen sich von selbst. Ich genieße das Gefühl, das er mit der Berührung seiner Lippen in mir auslöst. Verdammt, habe ich viel Glück. In diesem Augenblick könnte ich die ganze Welt umarmen. So weihnachtlich war mir noch nie zumute.

Viel zu schnell hebt Jakob den Kopf. Ich liebe dich , flüstert er.

Mein Herz beginnt zu rasen. Die Worte hat er bisher noch nie ausgesprochen. Aber ich habe keine Zweifel, dass er sie ernst meint. Ich dich auch , gebe ich zurück. Und solltest du irgendwann das Gefühl haben, dir wird die Familienidylle zu viel

sage ich dir rechtzeitig Bescheid und stehe meine Unsicherheit mit dir gemeinsam durch. Wir sind ab jetzt ein Team.

Eines, das verdammt gut funktioniert. Darum ist es auch kein Problem, wenn du das Bedürfnis hast, Urlaub von allem zu machen.

Er lacht auf. Klingt gut. Wie wäre es, wenn wir im Sommer zu dritt eine Auszeit nehmen? Ich kenne da ein paar Orte, die ich Ben und dir gern zeigen würde.

Ich hoffe, Sie hatten viel Vergnügen
bei der Lektüre dieses Buches.
Ein Tannenbaum für Ben ist der
16. Teil der Love Shots Reihe
der Romance Alliance.
Wir Autorinnen wollen Ihnen
abwechslungsreiche Lesehaben
für unterwegs anbieten.
Weitere Informationen finden Sie auf
unserer Internetseite
romance-alliance.com.

Bisher erschienene Teile der Love Shots Reihe:

»Liebe wider die Vernunft« von *Katherine Collins*
»Lizzy sucht die Liebe« von *Anne Gard*
»Halt die Wolken fest« von *Dorothea Stiller*
»Traue niemals Mr. Right?« von *Bettina Kiraly*
»Auf den Wogen der Liebe« von *Jessie Weber*
»Zum Verlieben verführt« von *Dolores Mey*
»Zwei Wochen Ibiza« von *Bettina Kiraly*
»Just not married« von *Nadin Hardwiger*
»No Saint« von *Susanne Halbeisen*
»Wenn der Winter dich küsst« von *Jennifer Wellen*
»Eine Diebin unter Gentleman« von *Anna Jane Greenville*
»Küsse auf Italienisch« von *Jessie Weber*
»Per Postkutsche ins Glück« von *Katherine Collins*
»Frühling der Herzen« von *Dorothea Stiller*
»Mord im Goldfischglas« von *Anne Gard*

Sie wollen bei meinen Veröffentlichungen
auf dem Laufenden bleiben?
Dann besuchen Sie mich doch auf meiner
Autorenhomepage www.bettina-kiraly.at
oder auf meiner Facebookfanseite
Bettina Kiraly / Ester D. Jones .

*Gerne können Sie sich auch auf meiner
Homepage für den Lesernewsletter
anmelden. Neben Vorabinfos zu meinen
Büchern erhalten Newsletterabonnenten
auch exklusive Zusatzinformationen
zu meinen Geschichten.*

Natürlich freue ich mich auch über eine
Kontaktaufnahme unter
kontakt@bettina-kiraly.at.

Ihre Bettina Kiraly

Gayromance von Bettina Kiraly

Mein Herz schlägt in deinem Takt

Eine neue Liebe kann der alleinerziehende Witwer Tobias momentan absolut nicht gebrauchen   einen guten Freund dagegen schon. Als er Adrian kennenlernt, den extrovertierten Sänger der Band Crazysofar!, spürt er sofort, dass zwischen ihnen etwas Besonderes ist. Blöd nur, dass Adrian ununterbrochen mit ihm flirtet. Tobias steht schließlich nur auf Frauen   oder?
Nach einem Kuss hadert er mit seinen Gefühlen. Ein Mann an seiner Seite? Viel zu kompliziert. Aber kann man sich auf Dauer etwas verbieten, nach dem das Herz sich so sehr sehnt?

Bettina Kiraly alias Ester D. Jones
Kontakt:
kontakt@bettina-kiraly.at
Birkenallee 11, 3704 Großwetzdorf, Österreich
Homepage: www.bettina-kiraly.at